世界传世经典阅读吧

莎士比亚的情诗

张秀章　解灵芝　编

吉林人民出版社

图书在版编目(CIP)数据

莎士比亚的情诗 / 张秀章, 解灵芝编. –– 长春：
吉林人民出版社, 2012.4
（世界传世经典阅读吧）
ISBN 978-7-206-08753-0

Ⅰ.①莎… Ⅱ.①张… ②解… Ⅲ.①莎士比亚,
W.(1564～1616) – 爱情诗 – 诗歌欣赏 Ⅳ.①I561.072

中国版本图书馆CIP数据核字(2012)第068490号

莎士比亚的情诗
SHASHIBIYA DE QINGSHI

编　　者:张秀章　解灵芝
责任编辑:王　丹　　　　　　封面设计:七　洱
吉林人民出版社出版 发行(长春市人民大街7548号　邮政编码:130022)
印　　刷:北京市一鑫印务有限公司
开　　本:670mm×950mm　　1/16
印　　张:13.5　　　　　字　　数:160千字
标准书号:ISBN 978-7-206-08753-0
版　　次:2012年4月第1版　　印　　次:2023年6月第3次印刷
定　　价:48.00元

如发现印装质量问题,影响阅读,请与出版社联系调换。

目　　录

不要指着月亮起誓，它是变化无常的，每个月都有盈亏圆缺；你要是指着它起誓，也许你的爱情也像它一样无常。

《罗密欧与朱丽叶》

真正的爱情是不能用言语表达的，行为才是忠心的最好说明。

《维洛那二绅士》

被摧毁的爱，一旦重新修建好，就比原来更宏伟，更美，更顽强。

《十四行诗集》

我决不承认两颗真心的结合会有任何障碍。

《十四行诗集》

酒食上得到的朋友，等到酒尽樽空，转眼成为路人。

《雅典的泰门》

爱情是这样充满了意象，在一切事物中是最富于幻想的。

《第二十夜》

爱情里面要是掺杂了和它本身无关的算计，那就不是真的爱情。

《李尔王》

可以量深浅的爱是贫乏的。

《安东尼与克莉奥佩特拉》

有两种恩爱就等于在自己的胸中出现了叛徒。

《哈姆雷特》

他浅褐色的发鬈鬈曲地轻垂，

每当有软俏的风儿款款吹动，

它便如柔丝般在唇前摇曳，

人间的如意事都落在他手中。

无论是谁见了他都迷离怔忪，

因为他那张脸上具体而微地

描绘出幻想中的天堂的旖旎。

他下巴上男子汉的痕迹新露，

刚长出凤鸟般的毳毛细细，

如原绒未修剪覆着难描的皮肤，

光致的脸又似胜于须影依稀。

可绒毛反更衬出他英俊之气。

一时间颇叫人踌躇，难以说清：

这胡须是增添或削弱了他丰神？

《情女怨》

他的品质也优秀有如其外表，

如少女般轻言细雨娴静天真，

可要是惹恼了他却如风暴，

艳阳天转瞬能布满天乌云。

和畅的清风也透露猎猎骄横。

韶秀的年华纵容了暴戾之气，

矜夸着率真时已掩盖着虚伪。

他擅长骑术常被人称道：

"连那马也染有骑手的性情，

有能手在背上便得意矜骄，

旋转好，腾跃美，收蹄轻盈！"

可因此也引起了议论纷纷：

究竟是马匹因骑手而神骏潇洒，

抑或是骑手因马匹才崭露才华。

但立即众口一词出现了说法：

他那华贵的神态能增彩生姿。

宝马华服煊赫夺目都因有他。

他的成就靠自己不凭服饰。

身外之物都因他才溢彩流辉。

说给他增添光彩却未必尽然，

倒是他的翩翩风度美化了雕鞍。

从他那令人折服的妙舌之尖

还涌出了深沉的思想和疑问。

种种的随机对答如犀利的雄辩，

全不分白天或黑夜总为他取胜。

他能叫哭泣者欢笑，欢笑者涕零。

皆因他巧舌翻新，能说会道，

才能够发人至情，使众生颠倒。

《情女怨》

只要她有心欲，你就会有意欲，

多重的欲、多量的欲、多余的欲；

我是那总搅得你心神不宁的人，

想把过量的欲火放进你的欲池。

你的欲界既如此大度宽广，

何不赏脸让我偷偷进去一次？

难道别人的意欲就那么逗人喜爱，

独独我的意欲难蒙你的荫庇？

大海本来就满是水还照样接受雨水，

好使它的水更加汪洋恣肆；

你的意欲虽多，又何妨添进我的，

好扩大你的欲界使得你欲海无际？

　　别，别无情拒绝求爱的风流种，

　　想万欲无非是欲，我的欲有甚不同？

《十四行诗集》

怕的是那个时候，那时候一旦到来，

你会皱起双眉，嫌我是个障碍，

那时候你已烧尽爱的每一滴灯油，

你深思熟虑后说：让我们现在分手——

怕的是那个时候，那时候你漠然走来，

不再用你太阳般的眼睛射出欢迎的光彩。

那时候爱已冰冷，翻脸再不认人，

行为粗暴乖张，理由却总是充分——

怕的是那个时候，我这才唯求自保，

把自己的长短得失掂量个分晓，

为你我举手宣誓反对我自己，

站在你的立场上捍卫你的权益——

　　要想抛弃我你有的是法律依据，

　　而我自己对这一场爱却讲不出道理。

《十四行诗集》

　　最早熟的花蕾，在未开放前就给蛀虫吃去；所以年轻聪明的人也会被爱情化成愚蠢，在盛年的时候就丧失欣欣向荣的生机，未来一切美好的希望都成为泡影。

《维洛那二绅士》

罗兰佐　正是在这样一个夜里，可爱的杰西卡像一个小泼妇似

的，信口毁谤她的情人，可是他饶恕了她。

杰西卡 倘不是有人来了，我可以搬弄出比你所知道的更多的夜的典故来。可是听！这不是一个人的脚步声吗？

《威尼斯商人》

爱情不是花荫下的甜言，不是桃花源中的蜜语，不是轻绵的眼泪，更不是死硬的强迫，爱情是建立在共同的基础上的。

《莎士比亚全集》

奥赛罗 请你们在公文上老老实实照我本来的样子叙述，不要徇情回护，也不要恶意构陷；你们应当说我是一个在恋爱上不智而过于深情的人；一个不容易发生嫉妒的人，可是一旦被人煽动以后，就会糊涂到极点；一个像印度人一样糊涂的人，会把一颗比他整个部落所有的财产更贵重的珍珠随手抛弃。

《奥赛罗》

像一个演戏的新手初次登场，
慌乱里把台词忘个精光，
又像是猛兽胸怀满腔怒火，
雄威太盛反令怯心惶惶。
我也因缺乏自信而忘掉
爱情仪式全部的适当辞章，

我的爱力似乎在变得枯弱，

是爱的神威压弯了我的脊梁。

啊，请让我的诗卷雄辩滔滔，

无声地吐出我满蓄情怀的诉状，

它为我的爱申辩，且寻求赔偿，

远胜过那喋喋不休的巧舌如簧。

　　哦，请用眼听爱的智慧发出的清响，

　　请学会去解读沉默之爱写下的诗章。

《十四行诗集》

面对命运的抛弃，世人的冷眼，

我唯有独自把飘零的身世悲叹。

我曾徒然地呼唤聋耳的苍天，

诅咒自己的时运，顾影自怜。

我但愿，愿胸怀千般心愿，

愿有颜如玉，有三朋六友相周旋；

愿有才华盖世，有文采斐然，

唯对自己的长处，偏偏看轻看淡。

我正耽于这种妄自菲薄的思想，

猛然间想到了你，顿景换情迁，

我忽如破晓的云雀凌空振羽，

对苍茫大地，讴歌一曲天门站。

但记住你柔情招来财无限，

纵帝王屈尊就我，不与换江山。

《十四行诗集》

你是否执意要用你的倩影似幻，

使我于漫漫长夜强睁睡眼？

你是否想让我夜不成眠，

用你的幻影把我的视觉欺骗？

你是否已经派遣你的魂儿

离家别舍只为把我的行动侦探？

你是想证实你的嫉妒和猜疑，

察明我是如何放浪荒诞？

啊，不，你的爱虽多却尚未如此深厚，

这原是我自己的爱使我久久不合眼，

我的真爱使我不能休息，

为你的缘故老高昂着睁眼的脸。

我为你守夜，你却在某地背着我，

睁着眼儿，跟别的人耳鬓厮磨。

《十四行诗集》

我既然是离你他往，

又何须行色仓皇？

8

不是回头路，更何须马不收缰。

爱呵，我的坐骑的鲁钝原不是大罪，

除非是归程，纵电疾如火也不算匆忙。

可怜的马儿啊，那时才罪重当诛。

我当快马加鞭、电掣般腾达飞黄——

虽展翅凌空亦却不觉其迅，那时节，

没一匹马儿可与我如炽的欲火争强。

呵，这集爱大成的欲望绝非一团死肉，

自当引颈长啸于火焰般的飞扬。

然而，一报还一报，原谅我这玉骢的鲁钝吧——

既然它抽身离你时有意磨磨蹭蹭，

我要正面扑向你，让它由着性儿狂奔。

《十四行诗集》

国王　人生的种种鹄的，往往在最后关头达到了完成的境界；长期的艰辛所不能取得结果的，却会在紧急的一刻中得到决定。虽然天伦的哀痛打断了爱情的温柔的礼仪，使它不敢提出那萦绕心头的神圣的请求，可是这一个论题既然已经开始，让悲伤的暗云不要压下它的心愿吧；因为欣幸获得新交的朋友，是比哀悼已故的亲人更为有益的。

《爱的徒劳》

伊阿古 凯西奥爱她，这一点我是可以充分相信的；她爱凯西奥，这也是一件很自然而可能的事。这摩尔人我虽然气他不过，却有一副坚定、仁爱、正直的性格；我相信他会对苔丝狄蒙娜做一个最多情的丈夫。讲到我自己，我也是爱她的，并不完全出于情欲的冲动——虽然也许我犯的罪名也并不轻一些儿——可是一半是为要报复我的仇恨，因为我疑心这好色的摩尔人已经跳上了我的坐骑。这一种思想像毒药一样腐蚀我的肝肠，什么都不能使我心满意足，除非老婆对老婆，在他身上发泄这一口怨气；即使不能做到这一点，我也要叫这摩尔人心里长起根深蒂固的嫉妒来，没有一种理智的药饵可以把它治疗。为了达到这个目的，我已经利用这威尼斯的瘟生做我的鹰犬；要是他果然听我的嗾使，我就可以抓住我们那位迈克尔·凯西奥的把柄，在这摩尔人面前大大地诽谤他——因为我疑心凯西奥跟我的妻子也是有些暧昧的。这样我可以让这摩尔人感谢我、喜欢我、报答我，因为我叫他做了一头大大的驴子，用诡计捣乱他的平和安宁，使他因气愤而发疯。

《奥赛罗》

你的本质是什么？由什么材料构成，

为何有千万个他者之影侍奉在你身边？

既然每一个人只可能有一个形影，

为什么你一个人却能够出借影子万千？

为阿多尼斯写生吧，而他的肖像

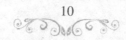

不过是你这原型的拙劣模仿。

纵使在海伦的额上滥施尽美容绝技，

描出的肖像也只是穿上希腊古装的你。

即使用春媚秋丰做个比方，

前者只是你美色的投影，

后者只是你丰饶的表象，

世间万美无非是你的变形。

　　大千世界的妩媚无不与你相通，

　　说起忠诚守节，却无人与你相同。

　　　　　　　　　　　　《十四行诗集》

我的眼睛和心达成了协议，

相约同舟共济互济互利。

当眼睛无法将尊容亲睹，

或当热恋的心儿为叹息所苦，

眼儿便呈现恋人的肖像，

且邀心儿共享这画宴的盛况，

有时候眼睛也应邀赴心的宴席，

共流连忘返于销魂的情思。

这一来，借了你的肖像或我的爱悦，

远离的你却仍与我厮守相随。

随你浪迹天涯也摆不脱我的苦思，

我紧紧跟着它，它紧紧缠着你。

纵然情思入梦，你的肖像在我的眼里

会唤醒寸心，叫心儿眼儿皆大欢喜。

《十四行诗集》

可是啊，谁又能因为前车之鉴

而摆脱须由自己体验的命运？

谁又愿因此而压抑情海的波澜，

在自己的路上设置别人的不幸？

不愿悬崖勒马的，忠告只使他停顿，

一旦发了狂，劝阻的金玉良言

只会逼她要尽聪明去固执己见。

金玉良言难满足人们的激情，

前车之鉴挡不住热血的奔驰。

款款的柔情是多么可意撩人，

岂能够因区区自律而轻易放弃，

啊，欲念！你跟理智有多大距离！

欲念有它的胃口，总想亲自尝试，

一任理智悲泣，说那是孤注一掷！

《情女怨》

正像阳精瘘顿的父亲喜欢观看

年轻气盛的孩子演示风流韵事，

我虽曾蒙受命运最大的摧残，

却也能从你的美德与真诚获得快意。

美色、门第、才华或财富，

无论其中一样或更多或全部，

都在你身上发挥得恰到好处，

我于是把自己的爱植入你这宝库。

从此，我不再残废，或受人鄙视。

既然这庇护之所让充实代替了幻影，

我当满足于你的富裕丰盈，

活下去，凭借你这一抹浓荫。

　　我但望你的库内有无价的奇珍至宝，

　　　　而一旦如愿，我便十倍地快乐逍遥。

《十四行诗集》

许多人连他的手还不曾碰到

已美滋滋幻想着占有他的爱情。

而不幸的我那时还自在逍遥，

还是我完全的而非部分的主人。

可对他少年的风华和美好的青春，

我却动了真情，沉醉于他的魅力，

给了他我全部娇花，只留下根蒂。

我不曾要求他，如同辈的女性，

也不曾满足他对我的索取，

我发现我的贞操处境严峻，

便把它保护在最安全的距离。

经验用还在滴血的新的证据，

证明那虚伪的宠儿惯会掳掠，

为自己我筑起了重重的坚壁。

《情女怨》

造物主给你美貌，也给你美好的德性；没有德性的美貌，是转瞬即逝的；可是因为在你的美貌之中，有一颗美好的灵魂，所以你的美貌是永存的。

《莎士比亚全集》

罗瑟琳 啊，怎么，奥兰多！都在哪儿？你算是个情人！要是你再对我来这么一套，你可再不用来见我了。

奥兰多 我的好罗瑟琳，我来得不过迟了一小时还不满。

罗瑟琳 误了一小时的情人的约会！谁要是把一分钟分作了一千分，而在恋爱上误了一千分之一分钟的几分之一的约会，这种人人家也许会说丘比特曾经拍过他的肩膀，可是我敢说他的心是不曾中过爱神之箭的。

《皆大欢喜》

克瑞西达　人家说恋人们发誓要做的事情，总是超过他们的能力，可是他们却保留着一种永不实行的能力；他们发誓做十件以上的事，实际做到的还不满一件事的十分之一。

《特洛伊罗斯与克瑞西达》

贞洁跟美貌碰在一起，就像在糖里再加蜜。

《皆大欢喜》

忠诚的爱情充溢在我们的心里，我无法估计自己享有的财富。

《皆大欢喜》

假如你和我本来就共为一体，

我又怎能只歌颂你且歌颂得宜？

我自己歌颂自己后有什么意味？

我若歌颂你不也等于自吹自擂？

正因为如此，我们应该分离独处，

使我们的爱各有区别开来的名义。

借助于这种区别，我才可以献出

你理应独得的那一份颂词。

然而，别离呵，若非借你单调的余暇，

以爱思来消磨时光使之甜蜜有加，

若非你使爱哄骗了时光与思想，

若非你教我如何化单为双，

　　使我借机在此将远方的人儿歌吟，

　　呵，别离，你又将何等令我伤魂！

《十四行诗集》

心倦神疲，我急欲上床休息，

好安顿旅途倦乏的肢体。

然而身体的远足劳作刚停，

心灵上却开始了新的长征。

我虽远处他乡，但我的思想

却朝圣般奔赴向您的身旁。

我强睁大睡意蒙眬的双眼，

把盲人也看得见的黑暗凝望。

我借助灵魂的想象的目光

已窥见您在黑暗中的形象，

宛如恐怖之夜高悬的明珠，

令黑夜老脸变新，一片辉煌。

　　瞧吧，我白昼的身子，黑夜的心，

　　为您，为我，全都无法安宁。

《十四行诗集》

曾喝过几多诱人入险境的泪珠，

16

它们像是从地狱般的蒸锅里蒸出——

使我把恐怖当救星，用希望医治恐怖，

眼看胜利在望，却总是败绩中途！

我的心在自以为最最幸福的时光

却往往铸下不堪再提的错误！

我曾经这样地病狂到头脑昏昏，

我的双眼几乎要夺眶而出！

哦，这就是恶的利端，我终于知道，

美好者可以因恶而更加美名昭著；

碎了的爱有朝一日破镜重圆，

还可以比从前更美更强烈更突出。

　　所以我虽受谴责反而志得意满，

　　由于恶我反倒可以三倍地因祸得福。

《十四行诗集》

莎士比亚

假如天下无新东西，万古如斯，

那么我们的大脑多么容易痴迷，

尽管想发明创造用心良苦，

到头来免不了是依样画葫芦。

啊，但愿有历史记载供我追溯，

至少五百年前的某一本古书，

你的形象早已显现在那里。

自从人的思想开始用文字来记录，

我想看看古人曾用什么妙笔，

描摹过你光彩照人的绝世风姿，

究竟是我们技高还是他们笔拙，

究竟千古轮回是否毫无新意。

　　但有一事我敢肯定，前朝的才子，

　　曾滥用笔墨赞美过远不如你的主题。

《十四行诗集》

无论谁见了他都倾心爱慕，

全不分年龄大小，是男是女，

有的是苦苦思念，魂梦求索，

有的是随侍难舍，寸步不离，

没等他提出要求早已心许。

人人都猜测着他心中的打算，

说服了自己意愿去曲意承欢。

多少人弄到手他的一张画像，

便放在眼皮上供养，心坎里迷醉，

有如个傻姑娘沉溺于幻想，

把所见的美好事物房舍土地

全划归自己，再一律变作赠礼；

从其中感到的乐趣竟远远超过

那房地的主人，痛风的老者。

《情女怨》

既是你的奴仆，我只能聊尽愚忠，

满足你的欲望，一刻也不放松。

我虽无宝贵的时间供自己驱遣，

却可听命于你帐下，垂首鞠躬。

我不敢抱怨大千世界绵邈无穷，

我只为你，我的君王，看守时钟。

我吩咐我这个仆从悄然退下，

我不敢多想，离思别绪愁更浓。

我不敢心怀嫉妒，暗自猜疑，

你干什么勾当，何处留下行踪。

我只如一个忧戚的奴仆，头脑空空，

只玄想你身形到处多少人为你怦然心动。

　　唉，我这植入你欲田的爱真是蠢猪，

　　眼见你为所欲为，却淡然视若无睹。

《十四行诗集》

啊，可千万别说我曾假意虚情，

尽管别离似曾使我情火降温，

我离不开自己如离不开自己的灵魂，

而我的灵魂却在你的胸中扎根。

你的胸膛是我的爱的家园，如果

我曾像旅人浪迹天涯，今日回家门，

不迟不早，不因时而改变心身，

那我带来了净水好洗净我罪恶的污痕。

尽管我的天性中有世人的一切弱点，

但请千万不要相信我的性灵

会如此荒唐无稽到卑鄙，

竟至于无缘无故抛弃你这异宝奇珍。

　　广宇浩瀚对我来说一钱不值，

　　只有你这玫瑰是我的凡尘命根。

《十四行诗集》

罗密欧　唉！想不到爱神蒙着眼睛，却会一直闯进人们的心灵！我们在什么地方吃饭？哎哟！又是谁在这儿打过架了？可是不必告诉我，我早就知道了。这些都是怨恨造成的后果，可是爱情的力量比它要大过许多。啊，吵吵闹闹的相爱，亲亲热热的怨恨！啊，无中生有的一切！啊，沉重的轻浮，严肃的狂妄，整齐的混乱，铅铸的羽毛，光明的烟雾，寒冷的火焰，憔悴的健康，永远觉醒的睡眠，否定的存在！我感觉到的爱情正是这么一种东西，可是我并不喜爱这一种爱情。

《罗密欧与朱丽叶》

罗密欧　唉！这就是爱情的错误，我自己已经有太多的忧愁重压在我的心头，你对我表示的同情，徒然使我在太多的忧愁之上再加上一重忧愁。爱情是叹息吹起的一阵烟；恋人的眼中有它净化了的火星；恋人的眼泪是它激起的波涛。它又是最智慧的疯狂，哽喉的苦味，吃不到嘴的蜜糖。

《罗密欧与朱丽叶》

"爱"使人安乐舒畅，就好像雨后的太阳／"淫"的后果，却像艳阳天变得雨骤风狂／"爱"就像春日，永远使人温暖、新鲜、清爽／"淫"像冬天，夏天没完，就来得急急忙忙／"爱"永不使人厌，"淫"却像饕餮，饱胀而死亡／"爱"永远像真理昭彰，"淫"却永远骗人说谎。

《维纳斯与阿都尼》

爱情也像海一样深沉，我给你的越多，我自己就越丰富，因为两者都是没有穷尽的。

《罗密欧与朱丽叶》

要是爱情虐待了你，你也可以虐待爱情，它刺痛了你，你也可以刺痛它，这样，你就可以战胜爱情。

《罗密欧与朱丽叶》

你趁我不在你心头的时候，

便放荡不羁，肆意风流。

论青春论美色你二者兼备，

行迹所至，总会有诱惑追求。

你文雅高贵，当然有人想赢得你芳心；

你美色出众，必有人尾随你大献殷勤。

面对一个女人的勾引，哪一个男子

会忍心拒绝不趁机享用桃花运？

但是，唉，求你别把我的位儿占，

求你管住你的美色和浪荡的青春。

求你别随心所欲去闯下乱子，

到头来被迫毁掉双重的信誉：

　　毁她和你的，因你用美色使她失身；

　　毁你和我的，因你的美色对我不忠实。

《十四行诗集》

我还能告诉你：他最擅长撒谎。

我知道他一套套肮脏的欺骗：

他的树能栽到邻居园里成长。

他能用嫣然一笑使谎言灿烂。

他能用誓言作淫媒去满足邪念。

我明白他甜言蜜语尽是欺哄，

是他那肮脏淫邪的心灵的孽种。

种种原因促使我长守住坚城，

直到他像这样开始了进逼：

好姑娘，请怜惜我痛苦的青春，

对我的神圣誓言不要畏惧，

除了你我从不曾对别人起誓。

我曾经多次参加爱情的绮筵，

从未曾鼓励过或追求过姻缘。

《情女怨》

饕餮的时光，去磨钝雄狮的爪，

命大地吞噬自己宠爱的幼婴，

去猛虎的颚下把它利牙拔掉，

焚毁长寿的凤凰，灭绝它的种，

使季节在你飞逝时或悲或喜；

而且，捷足的时光，尽肆意摧残，

这大千世界和它易谢的芳菲；

只有这极恶大罪我禁止你犯：

哦，别把岁月刻在我爱的额上，

或用古老的铁笔乱画下皱纹：

在你的飞逝里不要把它弄脏，

好留给后世永作美的典型。

但，尽管猖狂，老时光，凭你多狠，

我的爱在我诗里将万古长青。

《十四行诗集》

无论是我自己的顾虑还是苍茫乾坤

预知未来事物发展的先知之魂

都不能限制我的真爱的周期，

尽管有人认为爱终究会化作荒坟，

人间的月亮已安然度过月蚀之灾，

曾预言不祥的人反成为笑柄。

疑虑丛生现转变为信心百倍，

象征和平的橄榄枝将永世长存。

今朝欣逢这盛事的甘露，我的爱

焕然一新，死神也对我俯首称臣。

它虽会战胜愚钝无言的芸芸众生，

却奈何不了我，因为我能借歪诗活命。

你也能凭我的诗行如坚碑长在，

而暴君的勋徽与铜墓将化作埃尘。

《十四行诗集》

弄人 旷野里一点小小的火光，正像一个好色的老头儿的心，

只有这么一星星的热，他的全身都是冰冷的。

《李尔王》

一个恋爱中的人，可以踏在随风飘荡的蛛网上而不会跌下，幻妄的幸福使他灵魂飘然轻举。

《罗密欧与朱丽叶》

菲罗 嘿，咱们主帅这样迷恋，真太不成话啦。从前他指挥大军的时候。他的英勇的眼睛像全身盔甲的战神一样发出棱棱的威光，现在却如醉如痴地尽是盯在一张黄褐色的脸上。他的大将的雄心曾经在激烈的鏖战里涨断了胸前的扣带，现在却失掉一切常态，甘愿做一具风扇，扇凉一个吉卜赛女人的欲焰。瞧！他们来了。

《安东尼与克莉奥佩特拉》

奥赛罗 可爱的女人！要是我不爱你，愿我的灵魂永堕地狱！当我不爱你的时候，世界也要复归于混沌了。

《奥赛罗》

女人所赖以赢得我的爱的，是她们的仁心，不是她们的美貌。

《莎士比亚全集》

他是你的，这点我已经承认，
为填你的欲壑我成为你的抵押品。

心甘情愿做你的俘虏，好让另一个我

能被你释放，我从而感到快乐舒心。

而你却不能放他走，他也不想自由。

你虽纵欲无度，他倒也体谅温存。

他本是为我作保，才在契约上签字，

却谁知那契约反把他箍得紧紧。

你的美貌使你能得到特权，

随心所欲地使用你的抵押品，

我的朋友也因我而成为你的债务人，

我连累和失去了你，你的控诉得逞。

　　我不再拥有他，你却把我们两个抓牢，

　　他了清旧债，我却不能自在逍遥。

《十四行诗集》

爱是我的罪恶，恨则是你的德行，

因为你恨的是我的有罪的爱情。

但是如果比较一下你我的处境，

你就会发现你的恨有点过分。

就算你该恨，也不该淤了尊口，

你唇边的口红已横遭侵凌，

一如从前对我，虚盖上爱的假印，

曾于他人的枕畔背着我盗玉偷金。

我爱你就跟你爱他们一样合法，

我的眼睛缠着你，你的垂涎着他们。

在你的心中注蛮善良的慈悲吧，

你可怜我你也会交上被可怜的运。

　　假如你希求怜悯却藏起自己的慈悲，

　　别人也就会学你的样子对你横眉冷对。

《十四行诗集》

俾隆　……从女人的眼睛里我得到这一个教训：它们是艺术的经典，知识的宝库，是它们燃起了智慧的神火。刻苦的钻研可以使活泼的心神变为迟钝，正像长途跋涉消耗旅人的精力。你们不看女人的脸，不但放弃了眼睛的天赋的功用，而且根本违背你们立誓求学的原意；因为世上哪一个著作家能够像一个女人的眼睛一般把如许的美丽启示读者？学问是我们随身的财产，我们自己在什么地方，我们的学问也跟着我们在一起；那么当我们在女人的眼睛里看见我们自己的时候，我们不是也可以看到它里边存在着我们的学问吗？啊！朋友们，我们发誓读书，同时却抛弃了我们的书本；因为在你们钝拙的思索之中，您，我的陛下，或是你，或是你，几曾歌咏出像美人的慧眼所激发你们的那火一般热烈的诗句？一切沉闷的学术都局限于脑海之中，它们因为缺少活动，费了极大的艰苦还是绝无收获。从女人的眼睛里我得到这一个教训：它们永远闪耀着智慧的神火；它们是艺术的经典，是知识的宝库，装饰、涵容、滋养着整个世界；没有它们，一切都会失去它们的美妙……

《爱的徒劳》

阿埃基魔　谢谢，最美丽的女郎。唉！男人都是疯子吗？造化给了他们一双眼睛，让他们看见穹隆的天宇，和海中陆上丰富的出产，使他们能够辨别天空中的星球和海滩上的沙砾，可是我们却不能用这样宝贵的视力去分别美丑吗？

《辛白林》

女人经常玩弄的各种鬼花头/无一不带着迷惑人的外貌/她们藏在肚子里的种种计谋/你跟她肚皮贴肚皮也无从知道/人们常讲的一句话你没听说过/女人嘴里的不字不过是信口说说。要知道，女人和男人争强斗胜/是争着犯罪，绝不是争作圣人/她知道等到有一天她活够年龄/天堂不过是一句空话，天理良心/要是床上的欢乐光只是接吻/她们准会自己结婚，不要男人。

《乐曲杂咏》

我的眼睛闭得紧紧，却反能看得清清，
它们白日里所见之物多半是淡淡平平。
但当我的双眼在梦中向你凝望，
它们如暗夜焰火顿时四照光明。
你眼中观照的形象既能使黑暗辉煌，

又怎会在大白天里用更强的光亮

形成令人销魂的场景？虽然我

闭起了眼睛，你的形象却如此鲜明。

那么，唉，我的双眼要怎样才能交上好运，

以便在清天白日里也能目睹你的倩影，

不然，我就只能在死夜于沉沉酣睡中

用紧闭的双眸观摩你飘忽的芳容。

　　看不到君颜，每一个白日都如黑夜般阴晦，

　　夜夜成了白天，因为只在夜梦里我们才相会。

《十四行诗集》

说完话他低下了含泪的眼睛，

那眼光曾一直盯在我的面庞，

他面颊上有两道清泉晶莹，

是咸涩的泪急匆匆向下流淌。

啊，那映衬泉流的河岸多么辉煌！

娇艳的玫瑰跟水晶的闸门相映照，

映红了泉水，在泉水中灼灼燃烧。

蕴藏了多少如醉如痴的迷恋！

受到这眼中奔流的洪水冲击，

有什么铁石心肠能不被它淘穿？

有谁的冰雪心灵能不被它温暖？

好矛盾的效果：冷的贞操、热的情火，

既因眼泪而燃烧，也因眼泪而冷却。

因为，你看。他的激情不过是花样，

我的理智却被它熔作了眼泪，

贞操的白袍也被它脱了个精光，

守城的警惕和恐惧也全都撤退，

我面对他已跟他面对我无异，

都成了泪人儿，可效果不一样，

他流泪我上当，我流泪他如愿以偿。

他肚里总塞满巧妙的伎俩，

会故弄玄虚，会花样翻新。

或是一脸羞红，或是眼泪汪汪，

苍白得要休克，得手却便抽身。

凡最能骗人的他都烂熟于心。

听见粗话就脸红，看见不幸便哭泣，

见了凄惨的场面，苍白得快要晕厥。

无论是谁的心进入了他的射程，

都难以躲过他百发百中的枪口，

他装出优秀的善良温驯的天性，

以此作为掩护他谁都可以到手。

他要追求的，他先贬斥诟咒：

他心中有难过的欲火熊熊燃烧，

却宣扬纯洁的处女和冰雪贞操。

《情女怨》

没有云石或王公们金的墓碑

能够和我这些强劲的诗比寿；

你将永远闪耀于这些诗篇里，

远胜过那被时光涂脏的石头。

当着残暴的战争把铜像推翻，

或内讧把城池荡成一片废墟，

无论战神的剑或战争的烈焰

都毁不掉你的遗芳的活历史。

突破死亡和湮没一切的仇恨，

你将昂然站起来：对你的赞美

将在万世万代的眼睛里彪炳，

直到这世界消耗完了的末日。

　　这样，直到最后审判把你唤醒，

　　你长在诗里和情人眼里辉映。

《十四行诗集》

不要说我的爱只是对偶像的崇敬，

也不要把我的爱说成祭坛上的天神，

尽管我所有的赞美歌千篇一律，

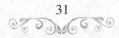

唱之、颂之、今朝今日、来世来生，

善良是我今日的爱，明日也如斯，

有美轮妙质，越千古亦守恒。

所以我的歌只歌唱坚贞不渝，

长诵一个主题，哪怕千声万声。

美、善、真，淘尽我胸中诗句，

美、善、真，概括我全部的诗魂。

纵横衍变，耗尽我壮采奇思，

三题合一，直令人神往心驰。

美、善、真，从来独立各擅其长，

只在今朝，喜见三长共体同彰。

《十四行诗集》

王后　你使我的眼睛看进了我自己灵魂的深处，看见我灵魂里那些洗拭不去的黑色的污点。

哈姆雷特　嘿，生活在汗臭垢腻的眠床上，让淫邪熏没了心窍，在污秽的猪圈里调情弄爱——

王后　啊，不要再对我说下去了！这些话像刀子一样戳进我的耳朵里；不要说下去了，亲爱的哈姆雷特！

哈姆雷特　一个杀人犯、一个恶徒、一个不及你前夫二百分之一的庸奴、一个冒充国王的丑角、一个盗国窃位的扒手，从架子上偷下那顶珍贵的王冠，塞在自己的腰包里！

王后　别说了！

《哈姆雷特》

情侣和疯子都生有纷乱的头脑，

具有成形的幻觉，他们所感受到的

用冷静的理智永远无法充分理解。

疯子、情侣和诗人

通通是幻想的产儿：

一个人眼中所见之鬼，多得地狱也

装不下，这是疯子；

情人也同样地疯狂，

能在埃及人的黑脸上看出海伦的美貌；

诗人的眼睛在神奇的狂放一转中，

从天上看到地下，又从地上看到天堂。

想象能将不知名的事物呈现，

落在诗人笔下，变成具体的形象；

空虚的无物，

于是也会有了居处，有了名称。

《仲夏夜之梦》

还有两种元素，净火与轻风，

不论我栖身何处总伴随你的行踪。

风是我的思想，火是我的欲望，

它们神出鬼没，来去何匆匆。

这两个轻快的元素一旦他往，

去为我向你传达爱的心衷，

我的生命便奄奄待毙，愁心难整，

不堪其中一对，因为它本由元素构成。

我的生命的结构要想复原，

除非这两个轻灵的使者回还，

呵，它们现在就回来了，提到

你的健康状况，切切传话报平安。

　　我闻信不由大喜，可叹喜而不久，

　　再次送走它们后，我仍浓愁依旧。

《十四行诗集》

啊，听我说，你真是汪洋浩瀚！

一个个属于我的破碎的心房

都把她们的心泉注入我这泉眼，

我又让我的泉流汇进你的海洋。

我比她们博大，你却比我浑茫。

按投降条款，我已把它们集合，

要变作催爱之剂化解你的冷漠。

我的才情曾叫虔诚的修女倾心，

34

她曾贞纯自律，是的，以节操自慰，

可我一进攻，她就错信了眼睛，

一切的誓词与奉献都节节败退。

啊，我的誓言和保证最为有力，

不带丝毫的伤害：限制或芥蒂。

因为你便是一切，你之外也都归你。

《情女怨》

且让那些鸿运亨通的人们，

夸耀其高位与显赫的虚名，

我虽无缘侧身幸运者之堂，

却意外使深心的追求如愿以偿。

得宠的王臣虽能春风得意于一时，

但如金盏花随日出日落乍开还闭，

一旦龙颜震怒，他们便香消玉殒，

昔日的荣华威风转眼化作烟尘。

含辛茹苦、名播沙场的将士，

千百次征战所向披靡，一朝败绩，

姓名便立刻从功劳簿上消逝，

从前的赫赫战功再无人提起：

　　而我，多幸福，既被人爱又能爱人，

　　我坚定，别人也休想动摇我一分。

《十四行诗集》

莎士比亚

只要你下命令，陈腐的格言警句

还能有什么意义？只要你一煽动，

财富、孝道、法律、亲情和名誉

种种的障碍便一律变得冷漠空洞。

爱情的武器能征服法律、理智和光荣。

爱情承受深沉的痛苦却带来甜蜜，

是伽南香，能镇抚强力、惊恐和畏惧。

此时依赖我的心的众多的心

感到我心要碎，都哭泣得流血，

都对你深深地叹息，向你吁请，

求你快停下对我心灵的打击：

求你温和地听取我伤感的解释；

求你的灵魂接受我的信誓旦旦，

因它表达也保证我的真情挚愿。

《情女怨》

泰门　让我们回头瞧瞧你。城啊，你包藏着如许的豺狼，快快陆沉吧，不要再替雅典做藩篱！已婚的妇人们，淫荡起来吧！子女们不要听父母的话！奴才们和傻瓜们，把那些年高德劭的元老们拉下来，你们自己坐上他们的位置吧！娇嫩的处女变成人尽可夫的娼妓，当着你们父母的眼前跟别人通奸吧！破产的人，不要偿还你们的欠款，用刀子割破你们债主的咽喉吧！仆人们，放手偷窃吧！你们庄严的主人都是借着法律的名义杀人越货的大盗。婢女们睡到你们主人的床上去吧；你们的主妇已经做卖淫妇去了！十六岁的儿子，夺下你步履龙钟的老父手里的拐杖，把他的脑浆敲出来吧！孝亲敬神的美德、和平公义的正道、齐家睦邻的要义、教育、礼仪、百工的技巧、尊卑的品秩、风俗、习惯，一起陷于混乱吧！加害于人身的各种瘟疫，向雅典伸展你们的毒手，播散你们猖獗传染的热病！让风湿钻进我们那些元老的骨髓，使他们手脚瘫痪！让淫欲放荡占领我们那些少年人的心，使他们反抗道德，沉溺在狂乱之中！每一个雅典人身上播下了疥癣疮毒的种子，让他们一个个害起癞病！让他们呼吸中都含着毒素，谁和他们来往做朋友都会中毒而死！除了我这赤裸裸的一身以外，我什么也不带走，你这可憎的城市！我给你的只有无穷的诅咒！泰门要到树林里去，和最凶恶的野兽做伴侣，比起无情的人类来，它们是要善良得多了。天上一切神明，听说我，把那城墙内外的雅典人一起毁灭了吧！求你们让泰门把他的仇恨扩展到全人类，不分贵贱高低！

《雅典的泰门》

克莉奥佩特拉　要是那真的是爱，告诉我多么深。

安东尼　可以量深浅的爱是贫乏的。

克莉奥佩特拉　我要立一个界限，知道你能够爱我到怎么一个极度。

安东尼　那么你必须发现新的天地。

《安东尼与克莉奥佩特拉》

夏洛克　您要是问我为什么不愿接受三千块钱，宁愿拿一块腐烂的臭肉，那我可没有什么理由可以回答您，我只能说我喜欢这样，这是不是一个回答？要是我的屋子里有了耗子，我高兴出一万块钱叫人把它们赶掉，谁管得了我？这不是回答了您吗？有的人不爱看张开嘴的猪，有的人瞧见一头猫就要发脾气，还有人听见人家吹风笛的声音，就忍不住要小便；因为一个人的感情完全受着喜恶的支配，谁也做不了自己的主。现在我就这样回答您：为什么有人受不住一头张开嘴的猪，有人受不住一头有益无害的猫，还有人受不住咿咿唔唔的风笛的声音，这些都是毫无充分的理由，只是因为天生的癖性，使他们一受到刺激，就会情不自禁地现出丑相来；所以我不能举什么理由，也不愿举什么理由，除了因为我对于安东尼奥抱着久积的仇恨和深刻的反感，所以才会向他进行这一场对于我自己并没有好处的诉讼。现在您不是已经得到我的回答了吗？

巴萨尼奥　你这冷酷无情的家伙，这样的回答可不能作为你的残忍的辩解。

夏洛克　我的回答本来不是为了讨你的欢喜。

巴萨尼奥　难道人们对于他们所不喜欢的东西，都一定要置之死地吗？

夏洛克　哪一个人会恨他所不愿意杀死的东西？

《威尼斯商人》

难道是因为惧怕寡妇的泪眼飘零，

你才用独身生活烧尽你自身？

啊，假如你不幸无后而溘然长逝，

世界将为你恸哭，宛若丧偶的未亡人。

这世界就是你守寡的妻子，她哭啊哭，

哭的是你未留下自己的形影。

不像别的寡妇可以靠孩子的眼神

便使丈夫的音容长锁寸心。

瞧吧，浪子在世虽挥金如土，

也不过钱财易位世人总还有享受的份。

但尘世之美一去将不复再回，

存而不用，终将在美人手里丧生。

　　既然对自己都会进行可耻的谋杀，

　　这样的胸腔里怎容得下对人的爱心。

《十四行诗集》

惭愧呀，你就别对人张扬你所谓的爱心，

既然你对自己的将来都缺乏安顿。

姑且承认有许多人对你钟情，

但更明显的却是你对谁也不曾倾心。

因为你胸中装满的是怨毒与仇恨。

竟不惜阴谋残害你的自身。

你锐意要摧毁那美丽的秀容,

竟忘了修缮它才是你的本分。

啊,改变你的态度,我也会改变我的,

难道恨比爱反更能在房里容身?

让你的内心和外表同样仁慈吧,

或者至少对你自己发点善心。

　　你若是真爱我,就另造一个你,

　　好让美借你或你的后代永葆青春。

《十四行诗集》

瞧呀,瞧东方仁慈的朝阳抬起了

火红的头颅,每一双尘世的眼睛

都向它初升的景象致敬,

仰望的目光膜拜着神圣的光明。

瞧它登上了陡峭的天峰,

宛如正当盛年的年轻人,

而人间的眼睛依然仰慕他的美貌,

追随他那金色的旅程。

但当随疲乏的车辇越过高峰,

他渐渐在远离白昼，如老迈之人，

于是那从前恭候的目光就不再追逐

他下行之道而转顾他途。

　　而你呵，也一样，如今正值赫日当午，

　　若不养个儿子，便会死而无人盼顾。

《十四行诗集》

我的眼睛是画家，将你

美的形象画在我的心板上，

我的躯体是画框，向框里透视，

你会发现传神笔触来自高超的画匠，

你须要通过画师去把他的妙技观摩，

去寻找你真容的画像在何处隐藏，

那画像永远挂在我胸内的画店里，

你明亮的双眼是那画店的玻璃窗，

瞧眼睛和眼睛互相帮了多大的忙，

我的眼画下你的形象，你的眼睛

则作我胸室的明窗，太阳也乐于

穿过那窗棂去偷看、去凝视你，

　　然而我的眼睛还缺乏更高的才能：

　　能画目之所见，却难画心之所藏。

《十四行诗集》

奥赛罗 威严无比、德高望重的各位大人，我的尊贵贤良的主人们，我把这位老人家的女儿带走了，这是完全真实的；我已经和她结了婚，这也是真实的；我的最大的罪状仅止于此，别的就不是我所知道的了。我的言语是粗鲁的，一点不懂得那些温文尔雅的辞令；因为自从我这双手臂长了七年的膂力以后，直到最近这九个月以前，它们一直都在战场上发挥它们的本领；对于这一个广大的世界，我除了冲锋陷阵以外，几乎一无所知，所以我也不能用什么动人的字句替我自己辩护。可是你们要是愿意耐心听我说下去，我可以向你们讲述一段质朴无文的、关于我的恋爱的全部经过的故事；告诉你们我用什么药物、什么符咒、什么驱神役鬼的手段、什么神奇玄妙的魔法，骗到了他的女儿，因为这是他控诉我的罪名。

……她的父亲很看重我，常常请我到他家里，每次谈话的时候，总是问起我过去的历史，要我讲述我一年又一年所经历的各次战争、围城和意外的遭遇；我就把我一生事实，从我的童年时代起，直到他叫我讲述的时候为止，原原本本地说了出来。我说起最可怕的灾祸，海上陆上惊人的奇遇，间不容发的脱险，在傲慢的敌人手中被俘为奴，和遇赎脱身的经过，以及旅途中的种种见闻；那些广大的岩窟、荒凉的沙漠、突兀的崖嶂、巍峨的峰岭；接着我又讲到彼此相食的野蛮部落，和肩下生头的化外异民；这些都是我的谈话的题目。苔丝狄蒙娜对于这种故事，总是出神倾听；有时为了家庭中的事务，她不能不离座而起，可是她总是尽力把事情赶紧办好，再回来孜孜不倦地把我所讲的每一个字都听了进去。我注意到她这种情形，有一天在一个适当的时间，从她的嘴里逗出了她的真诚的心愿：她希望我能够把我的一生经历，对她做一次详细的复述，因为她平日所听到的，只是一鳞半爪、残缺不全的片段。我答应了她的要求；当我讲到我少年时代所遭逢的不幸的打击的时候，她往往忍不住掉下泪来。我的故事讲完以后，她用无数的叹息酬劳我；她发誓说，那是非常奇异而悲惨的；她希望她没有听到这段故事，可是又希望上天为她造下这样一个男子。她向我道谢，对我说，要是我有一个朋友爱上了她，我只要他怎样讲述我的故事，就可以得到她的爱情。我听了这一个暗示，才向她吐露我的求婚的诚意。她为了我所经历的种种患难而爱我，我为了她对我所抱的同情而爱她：这就是我的唯一的妖术。她来了；让她为我证明吧。

《奥赛罗》

多少个明媚辉煌的清晨，我看见

威严的朝阳把四射光芒洒满山巅，

它那金色的脸儿贴紧碧绿的草原，

用上界的炼金术使惨淡的溪水璀璨。

然而倏忽间，忍对片片乌云，

黑沉沉横过它那庄严的面影，

使遗弃的下界难睹其尊容，

它于是蒙羞戴耻暗沉下碧霄九重。

我的太阳也曾如此四射光芒，

在一个清晨辉煌于我的前额之上。

可是唉！我只能一时承受其恩宠，

须臾云遮雾障，再不复重睹它的金容。

　　然而我对他的爱心并不稍稍有减，

　　天上的太阳会暗，人世的更理所当然。

《十四行诗集》

四十个冬天将会围攻你的额头，

在你那美的田地上掘下浅槽深沟。

那时，你如今令人钦羡的青春华服

将不免价落千丈，寒碜而又鄙陋。

如有人问起，何处尚存你当年的美色，

或何处有遗芳可追寻你往昔的风流，

你却只能说："它们都在我深陷的眼里。"

这回答是空洞的颂扬，徒令答者蒙羞。

但假如你能说："这里有我美丽的孩子

可续我韶华春梦，免我老迈时的隐忧"，

那么孩子之美就是你自身美的明证，

你如这样使用美，方值得讴颂千秋。

　　如此，你纵然已衰老，美却会重生，

　　你纵然血已冰凉，也自会借体重温。

《十四行诗集》

44

公爵　……我已经老早忘记了求婚的那一套法子，而且现在时世也不同了，所以我现在要请你教导教导我，怎样才可以使她那太阳一样明亮的眼睛眷顾到我。

凡伦丁　她要是不爱听空话，那么就用礼物去博取她的欢心；无言的珠宝比之流利的言辞，往往更能打动女人的心。

公爵　我也曾经送过礼物给她，可是她一点不看重它。

凡伦丁　女人有时在表面上装作不以为意，其实心里是万分喜欢的。你应当继续把礼物送去给她，切不可灰心；起先的冷淡，将会使以后的恋爱更加热烈。她要是向你假意生嗔，那不是因为她讨厌你，而是因为她希望你更加爱她。她要是骂你，那不是因为她要你离开她，因为女人若是没有人陪着是会气得发疯的。无论她怎么说，你总不要后退，因为她嘴里叫你走，实在并不是要你走。称赞恭维是讨好女人的秘诀；尽管她生得又黑又丑，你不妨说她是天仙化人……

《维洛那二绅士》

安哲鲁　不，女人也是同样的脆弱。

依莎贝拉　是的，正像她们所照的镜子一样容易留下影子，也一样容易碎裂。女人！愿上天帮助她们！男人若是利用她们的弱点来找便宜，恰恰是污毁了自己。不，你尽可以说我们是比男人十倍脆弱的，因为我们的心性像我们的容颜一样温柔，很容易接受虚伪的印记。

《一报还一报》

阿德里安娜　为什么他们的自由要比我们多？

露西安娜　因为男人家总是要在外面奔波。

阿德里安娜　我倘这样对待他，他定会不大高兴。

露西安娜　做妻子的应该服从丈夫的命令。

阿德里安娜　人不是驴子，谁甘心听人家使唤？

露西安娜　桀骜不驯的结果一定十分悲惨。你看地面上，海洋里，广漠的空中，哪一样东西能够不受羁束牢笼？是走兽，是游鱼，是生翅膀的飞鸟，只见雌的低头，哪里有雄的伏小？人类是控制陆地和海洋的主人，天赋的智慧胜过一切走兽飞禽，女人必须服从男人是天经地义，你应该温恭谦顺侍候他的旨意。

《错误的喜剧》

哦，我的诗神本可趁机纵横诗坛，

却谁知到头只写出乎庸的诗篇，

它的题材本身就价值无比，

有了我的颂词却贬值不如从前。

啊，如我不复写作请别责难我，

照照镜子吧，镜中有一张脸蛋

远远超过我钝拙的涂鸦之作，

狼藉了我的声名使我诗趣大减。

好端端的题材反失于修修补补，

我茫然：自己是否已成了罪犯？

我的诗之为诗只为要颂扬你，

颂扬你阔大的美德与才干。

　　你有镜子，照照你自己的镜子吧，

　　我的歪诗所写远不如你镜中所见。

《十四行诗集》

当我失宠于命运，又失欢于人，

我独个儿哀泣我被抛弃，孤苦伶仃，

用我无益的呼喊打扰那耳聋的苍天，

又看看我自己，诅咒命运的多舛，

巴望自己像有的人那样前程锦绣，

也想能长得像他，还有许多朋友，

羡慕这人的才具，那人遇到了良机，

且对自己所赋最后的，却最不惬意；

似这般想着，已近乎把我自己鄙视，

但一想到你啊，于是乎我的神思，

像一只云雀在拂晓时分腾上青空，

从阴郁的尘寰飞到天堂门前去歌颂，

因你甘美友爱的记忆给我寄来了珍宝，

这时就请我去做国王，我也要把头直摇。

《十四行诗集》

为爱神我黯然伤神，

而她却用亲自造成的双唇

对我吐出了一声"我恨"。

但当她看到我悲哀的处境，

便立刻满怀慈悲之心，

责备舌头一改旧时的甜蜜温存，

虽拒绝也应措辞委婉，

所以须对我客气三分：

"我恨"，她未说完便中途停下，

这一停便迎来气朗天清，

先前的暗夜有如魔鬼，

从天堂被扔进地狱之门。

　　她把"我恨"的"恨"字抛弃，

　　补一句"不是你"便救了我的命。

《十四行诗集》

啊，那么，伸出你难以描绘的纤手，

它的白皙压倒一切空洞的赞美，

请接受这些表记，让它归你所有。

烧灼肺腑的哀叹总有神圣的光辉：

凡服我的都服从你，我属于你，

我是你的部下，我为你登记

她们奉献的祭礼并归总交齐。

你看，这是个女尼给我的表记，

圣洁的修女，虔诚得超凡入圣，

前不久回避了求婚的宫廷子弟——

她那最罕见的美质令群彦倾心，

求婚者全都是高门大第的精英。

她却冷冷地保持距离，然后退出，

把余生献给了爱，那永恒的情愫。

《情女怨》

你胸怀珍贵，因为你胸藏一切心上人，

我和他们无缘，曾以为他们全部丧生。

在你那胸腔里，爱及爱的一切可爱的品行，

都和我曾以为葬身其内的朋友共处一尊。

对死者热烈、虔诚的眷恋曾偷走

我圣洁、哀伤的泪儿如涌泉奔流，

而今回首，才明白这些过世的幽魂

不过是移居另处，安住在你的胸襟。

你庇护着我埋葬了的爱，你是孤坟，

坟内满挂着我那些过世恋人的战利品，

他们把我的一片痴心都转赠给你消受，

于是许多人共有的爱而今你独自占有。

在你的身上我看见我那些情人的形象，

你是他们全体，我的一切都是你的收藏。

《十四行诗集》

镜子无法使我相信你已衰老，

只要你和青春还是同道，

但当我看见你脸上的皱纹，

我就料想自己的死期已到。

因为你全身上下的美丽外表，

不过是我内心的真实写照，

你胸中的红心也在我心中燃烧，

我岂能胆敢比你早露衰兆？

哦，我的爱，你一定要保重自身，

正如我为你而非为我把自己照料，

拥着你的心，我自会谨慎万分，

像乳娘护婴，生怕它染上病苗。

　　如果我的心已先碎，你的又岂能自保，

　　你既已把心给了我，我岂能原物回交。

《十四行诗集》

金刚钻么？当然，美丽又坚贞，

深藏着看不见的精美的内质，

绿莹莹的翡翠令人目爽神清，

多看看便能矫正减弱的视力。

变色的猫儿眼，天蓝的青玉，

还有种种奇石，不同的珍宝，

都附有精心的题词，欢乐或懊恼。

你看这些缴获，来自火热的情场，

是礼物，表达了强压下的爱欲，

天性已下命令，不许我再收藏，

待我把自己交给谁，便叫它跟去。

就是说：交给你，我的起始和终极。

因为它们只能当作献祭的供品，

而我是你的祭坛，你是我的神灵。

《情女怨》

看这些伤心的姑娘们的礼物，

珍珠苍白了脸，宝石血一般红，

这都是对我的一往情深的表露，

是伤感和情怯的巧妙的象征：

无血色的双颊和羞红的柔情。

或是因为担心，或是因为娇羞，

在心灵中扎下营盘，表情上战斗。

喏，看这儿，姑娘们的一绺绺秀发，

有金银的合欢丝精心地嵌合，

一个个美人儿曾乞求我收下，

我要是拒绝了她便泪眼婆娑。

还加上富丽堂皇的宝石赠我，

写出了深情的十四行，精心描绘

每一块宝石的质地、特色与珍贵。

《情女怨》

无须再为你的所作所为悲伤：

玫瑰有刺，明泉也免不了流沙浪，

乌云和日蚀月食会让日月无光，

可恶的蚊虫会在娇蕾里躲藏。

人人有过失，我也一样：

为文过饰非，不惜滥打比方，

自我贬损为的是开脱你的罪状，

你过失万千，我绝不将你问罪公堂。

对于你的浪荡之行我详加体谅——

我这作原告的反为你辩护伸张——

我提起诉讼，告的却是我自己，

我的爱和恨就这样掀起一场内仗。

到头来，我落得沦为你的帮凶，

帮你这甜偷儿无情打劫自己的心房。

《十四行诗集》

我的缪斯缄口不语自有其分寸，

其他诗人均为你歌唱，竭力嘶声。

瞧他们奋笔挥洒下灿灿诗行，

分明是全体缪斯助其琢玉雕金。

我是信言不美，他们是美言不信，

他们有生花妙笔写下积卷的颂文，

我恰似教堂里领众应答的白丁，

对才子的篇篇赞颂一口一声"阿门"。

只要有人称道你，我便说：不错，当真，

即使颂诗已好到极点我还想金上添银。

当然这只是我的想法，话儿尚未出口，

然而我的真爱却早已领头先行。

那么你且尊重他们，由于他们的雕章琢句；

尊重我，由于我可意会而不可言传的真情。

《十四行诗集》

有人夸耀门第，有人夸耀技巧；有人夸耀财富，有人夸耀体力；有人夸耀彩妆，丑怪尽管时髦；有人夸耀鹰犬，有人夸耀骏骥。每种嗜好都各饶特殊的趣味，每一种都各自以为其乐无穷。可是这些癖好都不合我口味，我把它们融入更大的乐趣中。你的爱对我比门第还要豪华，比财富还要丰裕，比艳妆光彩。它的乐趣远胜过鹰犬和骏马，有了你，我便可以笑傲全世界。只有这点可怜：你随时可罢免；我这一切，使我成无比的可怜。

《十四行诗集》

镜子会向你昭示衰减的风韵，

日晷会向你指出飞逝的青春，

这空白册页留有你心灵的轨迹，

你会从中细味妙谛相伴的人生。

镜里的皱纹丝丝，可数可辨，

让你时时记得开口的墓门。

凭借日晷你心知星移斗转，

世间的脚步正蹒跚地走向永恒。

看，凡不能长驻你头脑的东西，

都可以在这些空白的纸上留存。

你会看到你头脑哺育出的儿女，

又再次魂交你自己的心灵。

你若能常对明镜看日晷、写心声，

. 自会受益匪浅，这手册也价值倍增。

《十四行诗集》

你听见的有关我罪过的传说

都源自血肉之躯，非关乎性灵，

不过是逢场作戏，与爱情无涉，

双方都没有挚爱，也难说真情，

她们是自取其辱，自贱自轻。

她们对我的指责越是增多，

我心中的惭恶倒越是减弱。

我眼里见过的姑娘虽然不少，

无一朵火苗儿叫我心儿发热，

我的感情没受过丝毫的煎熬，

也不曾魂牵梦萦辗转反侧。

她们为我心碎，我却不曾难过，

她们的心受奴役，我的心却坦荡，

我的心统治它的王国，至高无上。

《情女怨》

我曾经独自祈求获得你的帮助，

我的诗也就独自承蒙你高雅的惠顾；

可而今我笔下不再有绣句珍词，

我那病缪斯只好把神龛拱手让出。

甜爱啊，我承认你这个可亲的题目

须有高人健笔纵横、大书特书，

但描写你的诗人尽管有笔下惊雷，

他不过是抢你又还你恰似物归原主。

颂扬你的德，不过偷自你高尚的行为，

讴歌你的美，不过取自你双颊的凝肤。

他不过把你原有的东西又还你本人，

离开你他的颂词必然会语竭词枯。

    既然他付给你的无非是归还旧账，

    那么你对他的作为完全不必褒扬。

《十四行诗集》

呵，再会吧，你实在是高不可攀，

而你对自己的身价也十分了然。

你德高望重到可不受拘束，

我们原订的盟约就只好中断。

没有你的承诺我岂敢对你造次，

那样的财宝我岂能轻动非分之念？

我既无堂皇的理由接受这份厚礼，

所以还请收回你给我的特许之权。

你当时自贵而不自知才以身相许，

错爱了我，使我侥幸称心如愿。

判断失误，遂使你误送大礼，

而今明断再三，终得礼归人还。

    好一场春梦里与你情深意浓，

梦里王位在，醒觉万事空。

《十四行诗集》

爱呵，您是我的主，您的德行

早已赢得我臣服于您的忠心，

我而今缮写谨呈上片纸诗行，

只为鞠躬尽职，不敢小露锋芒。

重命在肩，可怜我才疏学陋，

赤胆忠心找不到诗句遮羞。

盼只盼您灵魂深处的奇思妙想

使我粗裸的才具有个安息之邦。

等到某一颗星星导引着我前进，

为我施恩般照亮吉地浓荫，

使我这褴褛之爱罩上绵套头，

方配得上您仁慈浩荡的皇恩。

　　唯有那时我才敢夸口对您柔情似水，

　　我从前躲闪，是怕您考验我的雄威。

《十四行诗集》

从来不觉得你需要画眉敷粉，

所以我从来不往你脸上贴金；

我发现或自以为发现，你的丰采

使诗人们报恩的颂词更美妙十分。

于是我忙里偷闲暂停把你歌唱，

好让活生生的你把自己的美证明。

时下摇鹅毛管的人显得多么愚笨，

空嚷嚷你有美德却愈说愈说不清。

你将我一时沉默看作是我的过错，

其实我装聋作哑更添我荣光数层。

因为我隐忍不发璧全你美色无双，

他人欲锦上添花反害了卿卿性命。

　　　你即使一只眼眸也暗藏生机万点，

　　　远胜我辈诗人，徒奉颂词三千。

《十四行诗集》

你，我诗中的情妇兼情郎，

是造化亲自绘出你女性的面庞，

你虽有女人的柔婉的心，但没有

轻拂女人惯有的反复无常。

你的眼比她们的更真诚更明亮，

目光流盼处，事物顿染上金黄。

你有男子的风采，令一切风采低头，

使众男子神迷，使众女人魂飞魄荡。

造化的本意是要让你做一个女人，

但在造你时却如喝了迷魂汤，

胡乱安一个东西在你身上，我于是

不能承欢于你，那东西我派不上用场。

　　既然造化造你是供女人取乐，

　　给我爱，但给女人做爱的宝藏。

《十四行诗集》

我对早开的紫罗兰颇有下面的微词：

温柔的贼，你若非沾溉于我爱人的气息，

又何处偷得那奇香？殷红淡紫

在你的柔颊上抹出流韵，

全仗了我爱人的血脉染成。

我斥责薄荷花蕾取味于你的秀发，

我斥责百合花盗用了你的晶莹；

荆棘丛中的玫瑰惭然发抖，

白是你的绝望，红是你的娇羞，

不红不白者，显属两色兼取，

何止取色，连你的温馨也偷。

却不料得志的花儿如窃者当诛，

为复仇，花虫咬断了它的咽喉。

　　曾见过鲜花万朵傲然怒放，

　　没一朵不借你的秀色浓香。

《十四行诗集》

波洛涅斯　我知道在热情燃烧的时候，一个人无论什么盟誓都会说出口来；这些火焰，女儿，是光多于热的，刚刚说出口就会光消焰灭，你不能把它们当作真火看待。

《哈姆雷特》

哼，罪恶的妄想！

哼，淫欲的孽障！

淫欲是一把血火，

不洁的邪念把它点亮，

痴心扇着它的火焰，

妄想把它愈吹愈旺。

精灵们，拧着他，

不要把恶人宽放；

拧他，烧他，拖着他团团转，

直等星月烛光一齐黑暗。

《温莎的风流娘儿们》

一遇爱情的火焰，畏怯的冰霜就消融。

《莎士比亚全集》

爱情进入人的心里，是打骂不出去的；它既然到了你的身上，就要占有你的一切。

《莎士比亚全集》

潘达洛斯 好，交易已经作成，两方面盖个印吧；来，我替你们做证人。这儿我握着您的手，这儿我握着我外甥女的手。我这样辛辛苦苦把你们两人拉在一起，要是你们中间无论哪一个变了心，那么从此以后，让世上所有可怜的媒人们都叫着我的名字，直到永远！让一切忠心的男人都叫作特洛伊罗斯，一切负心的女子都叫作克瑞西达，一切做媒的人都叫作潘达洛斯！大家说阿门。

特洛伊罗斯 阿门。

克瑞西达 阿门。

潘达洛斯 阿门。现在我要带你们到一间房间里去，那里面还有一张眠床；那张床是不会泄漏你们的秘密的，你们尽管去成其美事吧。去！

《特洛伊罗斯与克瑞西达》

我的爱赌咒发誓说她遍体忠诚，

我明知此语有假却乐得信以为真；

这样她就会认为我是不晓事的孩子，

对世间的一切骗局从不存戒心。

我于是会玄想她还以为我年少，

虽然她知道我早已过青春妙龄。

我傻乎乎地相信她的胡编乱造，

这一来我和她都在隐瞒真情。

然而她为何不说她话中有假？

为何我不说我已经老迈无能？

唉，爱的堂皇服装是表面忠贞，

年岁大的人最不喜把年龄谈论。

于是我糊弄了她，她也糊弄了我，

我们互相糊弄，乐在骗里纵情。

《十四行诗集》

可怜的灵魂，罪恶躯体的中心，

反叛的情欲缠绕着你全身，

为什么你这样深心里强忍饥寒，

却又竭力在躯壳上涂脂抹粉？

人生苦短，又何须惜这副臭皮囊，

为它花尽你库藏的金银？

到头来，无非是尸虫承继你的豪奢，

饕餮你的贵体，敢问皮囊安存？

灵魂啊，你何妨借躯壳的损耗而偷生，

他会瘦，但却增加你库内的收成：

用时间的碎银买进永生，

休管那堂堂仪表，只要能喂饱灵魂。

于是你将吃掉以人为食的死神，

死神一死，世上就不再有死亡发生。

《十四行诗集》

狂暴的快乐将会产生狂暴的结局，正像火和火药的亲吻，就在最得意的一刹那烟消云散。最甜的蜜糖可以使味觉麻木；不太热烈的爱情才会维持久远，太快和太慢，结果都不会圆满。

《罗密欧与朱丽叶》

罗瑟琳 这个可怜的世界差不多有六千多年的岁数了，可是从来不曾有过一个人亲自殉情而死。特洛伊罗斯是被一个希腊人的棍棒砸出了脑浆的；可是在这以前他就已经寻过死，而他是一个模范的情人。即使希罗当了尼姑，里昂德也会活下去活了好多年的，倘不是因为一个酷热的仲夏之夜；因为，好孩子，他本来只是要到赫勒斯滂海峡里去洗个澡的，可是在水中害起抽筋来，因而淹死了：那时代的愚蠢的史家却说他是为了塞斯托斯的希罗而死。这些全都是谎；人们一代一代地死去，他们的尸体都给蛆虫吃了，可是绝不会，为爱情而死的。

《皆大欢喜》

葛罗斯特 这一种说话的声调我记得很清楚；他不是我们的君

王吗？

李尔　嗯，从头到脚都是君王；我只要一瞪眼睛，我的臣子就要吓得发抖。我赦免那个人的死罪。你犯的是什么案子？奸淫吗？你不用死；为了奸淫而犯死罪！不，小鸟儿都在干那把戏，金苍蝇当着我的面也会公然交合哩。让通奸的人多子多孙吧；因为葛罗斯特的私生的儿子，也比我的合法的女儿更孝顺他的父亲。淫风越盛越好，我巴不得他们替我多制造几个兵士出来。

《李尔王》

但为什么你不用更有效的方法

去反抗这嗜血的时间魔王，

或者更幸福的手段来抵抗衰朽，

却反借重我这不育的诗行？

如今你置身于桃花运的顶峰之上，

有许多处女园等待你栽插红芳，

殷切地盼望着你植下活花朵朵，

花儿比你的画像更显出你的真相。

所以生命只能靠生命线维系，

不论是我的涂鸦还是当代的画匠

都不能使你活现在人们心房，

让你内在和外在的美色昭彰。

　　放弃你自己将反使你自己长在，

想生存就得靠把传宗妙技发扬。

《十四行诗集》

如你先我而逝我当写下你的祭文，

如我不幸早衰便安然自朽于墓茔。

你纵然仙逝英名会长在人口，

我名贱身微当被人忘个干净。

你身虽殁有我的诗章使你长生，

我一旦辞别当永世化作微尘。

地阔天长，只赐我孤坟一处，

人心为冢，你在千万人眼里葬身。

我笔下诗行化作你坟前墓碑，

来日方长，自有人细读碑铭。

纵当今世界万众皆成厉鬼，

有千口万舌对后世缕述你生平，

　　凡有活人处你便活在人口，

　　你与天齐寿，全仗我笔力千钧。

《十四行诗集》

或许我可用夏日将你作比方，

但你比夏日更可爱也更温良。

夏风狂作常会摧落五月的娇蕊，

夏季的期限也未免还不太长。

有时候天眼如炬人间酷热难当，

但转瞬又金面如晦常惹云遮雾障。

每一种美都终究会凋残零落，

或见弃于机缘，或受挫于天道无常。

然而你永恒的夏季却不会终止，

你优美的形象也永远不会消亡，

死神难夸口说你在它的罗网中游荡，

只因你借我的诗行便可长寿无疆。

　　只要人口能呼吸，人眼看得清，

　　我这诗就长存，使你万世流芳。

《十四行诗集》

全凭着他一袭风度翩翩的外衣，

他掩盖了个赤裸裸而隐蔽的撒旦，

没有经验的姑娘一个个受欺，

任魔鬼像天使般在头顶飞旋。

无邪的少女怎不爱风流的少年。

可叹我失了足，但我总想不开：

若再遇这样的事，我该怎么对待？

《情女怨》

啊，他那坑害人的泪汪汪的眼睛，

啊，他面颊上闪亮的虚伪的火焰，

啊，从他胸中滚出的沉重的呻吟，

啊，从他海绵样的肺里挤出的哀叹，

啊，他那貌似真诚的哑剧式的表演。

爱过欺骗的还可能再受欺骗，

忏悔过的姑娘怕还会悲剧重演。

《情女怨》

奸谋跟我的爱情正像冰炭一样，是无法相容的。

《莎士比亚全集》

普洛斯彼罗 当心保持你的忠实，不要太恣意调情。血液中的火焰一燃烧起来，最坚强的誓言也就等于草秆。

《暴风雨》

当我传唤对以往事物的记忆，

出庭于那馨香的默想的公堂，

我不禁为命中许多缺陷叹息，

带着旧恨，重新哭蹉跎的时光，

于是我可以淹没那枯涸的泪眼，

为了那些长埋在夜台的亲朋，

哀悼着许多音容俱绝的美艳，

痛哭那情爱旧已勾销的哀痛，

于是我为过去的惆怅而惆怅，

并且一一细算，从痛苦到痛苦，

那许多呜咽过的呜咽的旧账，

仿佛还未付过，现在又来偿付。

《十四行诗集》

啊，诗神，有一种真侵染于美，

你却不纵情讴歌，这又该当何罪？

真和美都仰仗我的爱而生存，

你也一样，缺了它就无法称作花魁。

回答吧，诗神，你干吗不说，

"真自有其色不必另外增辉，

美自有其真容何须借重画笔，

天下至美，本不需杂色相随。"

难道是因他不需赞词你便趁机噤口，

别，别这样沉默，须知你本有神威

让他的英名留芳于千秋万代，

纵然那时镀金的坟墓已变为土灰。

　　那么诗神，启开歌喉吧，听我的忠言，

　　让他于百代之后，也照样美誉满天飞。

《十四行诗集》

"老伯伯"，她说道，"我伤痛遍体，

经历过雨打风吹的坎坷时光。

别误会，我其实并未衰敝，

我不老，只尝味了太多忧伤，

我还能如蓓蕾般迎风开放。

若是我只爱自己不曾爱别人，

依然会鲜妍明媚，一片风情。"

《情女怨》

可不幸的我呀，过早落入了情网，

接受了青春的追求，给了他爱情。

啊，造物主造就他那风流模样，

姑娘们见他的面庞都目不转睛，

从此便把漂泊的爱情寄在他身。

在他那俊俏的身影上爱情既落户，

她们便新作了仙灵，重获了归宿。

《情女怨》

爱情不过是一种疯狂；我对你说，有了爱情的人，是应该像对

待一个疯子一样，把他关在黑屋子里用鞭子抽一顿的。那么他们为

69

什么不用这种处罚的方法来医治爱情呢？因为那种疯病是极其平常的，就是拿鞭子的人也在恋爱哩。

《皆大欢喜》

凡伦丁 我是说恋爱。苦恼的呻吟换来了轻蔑；多少次心痛的叹息才换得了羞笑的秋波一盼；片刻的欢娱，是二十个晚上辗转无眠的代价。即使成功了，也许会得不偿失；要是失败了，那就白费一场辛苦。恋爱汩没了人的聪明，使人变为愚蠢。

《维洛那二绅士》

凡伦丁 可是现在我的生活已经改变过来了；我正在忏悔我自己从前对于爱情的轻视，它的至高无上的威权，正在用痛苦的绝食、悔罪的呻吟、夜晚的哭泣和白昼的叹息惩罚着我。为了报复我从前对它的侮蔑，爱情已经从我被蛊惑的眼睛中驱走了睡眠，使它们永远注视着我自己心底的忧伤。啊，普诺丢斯！爱情是一个有绝大威权的君王，我已经在他面前甘心臣服，他的惩罚使我甘之如饴，为他服役是世间最大的快乐。现在我除了关于恋爱方面的谈话以外，什么都不要听；单单提起爱情的名字，便可以代替了我的三餐一宿。

《维洛那二绅士》

朱利娅 一个虔诚的巡礼者用他的软弱的脚步跋涉过万水千山，是不会觉得疲乏的；一个借着爱神之翼的女子，当她飞向像普洛丢斯那样亲爱、那样美好的爱人的怀中去的时候，尤其不会觉得路途的艰远。

《维洛那二绅士》

朱利娅　啊，你不知道他的目光是我灵魂的滋养吗？我在饥荒中因渴慕而憔悴，已经好久了。你要知道一个人在恋爱中的内心的感觉，你就会明白压遏爱情的火焰，正像雪中取火一般无益。

露西塔　我并不是要压住您的爱情的烈焰，可是这把火不能够让它燃烧得过于炽盛，那是会把理智的藩篱完全烧去的。

朱利娅　你越把它遏制，它越燃烧得厉害。你知道汨汨的轻流如果遭遇障碍就会激成怒湍；可是它的路程倘使顺流无阻，它就会吻着每一根在它巡礼途中的芦苇，以这种游戏的心情经过许多曲折的路程，最后到达辽阔的海洋。所以让我去，不要阻止我吧；我会像一道耐心的轻流一样，忘怀长途跋涉的辛苦，一步步挨到爱人的门前，然后我就可以得到休息。就像一个有福的灵魂，在经历天数的折磨以后，永息在幸福的天国里一样。

《维洛那二绅士》

我有两个爱人，分管着安慰和绝望，

像两个精灵，轮番诱惑在我的心房，

善的那一个是男人，英俊潇洒，

恶的那一个是女人，脸黑睛黄。

为使我早日跨进绝望的地狱,

邪恶阴柔骗走了我善性的阳刚,

她还使我的好精灵化作魔鬼,

用脏污的肉欲使其纯真沦为荒唐。

我的善精神是否已成妖魅,我疑心,

却不能立刻有一个盖棺论定,

但既然这二人都离我朋比为奸,

我敢说善精灵已进了那一个的阴间门。

　　除了瞎猜我永不知那葫芦装的什么药,

　　除非是恶精灵用梅毒把善精灵吓跑。

《十四行诗集》

当心呀,你可别一味由着性儿残酷,

我缄口的忍耐或难容你过分的侮辱,

到时候悲哀会化作言辞,如衷曲

述说我心中失掉你哀怜的痛苦。

如果我能教会你学乖,那么,

你就会言不由衷地说你还爱我如初。

这就像脾气不好的病人,虽近死期,

仍一味要医生说,他会很快康复。

因为,我如果不幸于绝望中疯狂,

就可能在狂态里乱揭你的阴私和错误。

而今这附逆助恶的世界已坏到了头，

疯耳朵偏能与疯谎言和睦共处。

　　要我不疯狂，你也不遭到诽谤，

　　你要正眼看人，纵心里男盗女娼。

《十四行诗集》

啊，天！爱在我头上安的什么眼？

为什么它面对真相视而不见？

说看得见吧，我的判断力又在何方？

何以眼睛看得见对它却一片茫然？

如果使我的眼迷恋的东西真是美景，

如何世人偏要说它丑陋难堪？

如果所见不美，那我的爱恋等于说：

爱眼实不如常人之眼健全。

是呀，它不美能健全得了吗？

你瞧它强睁泪眼彻底不眠。

这么说我看不清景象不算稀罕，

就是太阳也须晴日才光照尘寰。

　　啊，狡诈的爱，你用泪水遮住我的视线，

　　只怕亮眼会把你丑陋的真相看穿。

《十四行诗集》

唉，我的确曾四海周游，

做过当众献技的小丑，

自轻自贱，低价把最珍贵者出售。

为交新欢，不惜与旧友反目成仇。

千真万确，我曾横眉冷对忠贞，

但是，老天为证，我的荒唐不经

却使我的心儿重温韶华之梦，

不当的考验证明你最值得我倾心。

一切都过去了，请接受这永恒之爱，

我将绝不再让自己的欲火飞腾，

妄试新欢，以验旧友情愫，

于我，旧情是牢笼我爱的天神。

    那么你这人间天堂，请将门大开，

    让我拥入你纯洁至亲的胸怀。

《十四行诗集》

我情人的眼睛绝不像太阳，

即便是珊瑚也远比她的朱唇红亮，

雪若算白，她的胸膛便算褐色苍苍，

若美发是金丝，她满头黑丝长。

曾见过似锦玫瑰红白相间，

却见不到她脸上有这样的晕光；

有若干种香味叫人闻之欲醉，

我情人的口里却吐不出这样的芬芳。

我喜欢聆听她的声音，但我明白

悦耳的音乐比她的更甜美铿锵。

我承认我从没有见过仙女的步态，

反正我爱人只能在大地上徜徉。

　　老天在上，尽管有所谓美女盖世无双，

　　可我爱人和她们相比，却也旗鼓相当。

《十四行诗集》

呵你，好男友，时间的镰刀和沙漏

现在都已牢牢地受制于你的双手，

时光的飞逝正反照出你在茁壮成长，

你的情人在凋零，你自己却蒸蒸日上。

如果掌握生杀予夺大权的自然

把你从人生的路上往回驱赶，

那她只是为保存你而让你看到

她的绝技能使时间倒流、杀退分秒。

你虽是她宠儿却也会惧怕她的权威，

她能暂留却不能长保其宠爱的宝贝。

　　她尽可以拖欠时光却总归会还清账目，

　　清偿的日子一到，她只有把你交出。

《十四行诗集》

蒙你的垂顾我常得灵感的奖赏，

托你的荫庇我这才诗心不僵。

于是另一些诗客群起而学步，

并借你的庇护使诗作传扬。

你的双眸曾教会哑子引吭歌唱，

曾教会沉重的无知在高空飞翔，

曾借来羽翼使学人双翅生风，

曾赋予高士鸿儒威名远荡。

然而你引以为豪者是我的华章，

它们因你而生，全是你的儿郎。

对别人的诗作你只是改进其诗风，

有你的美质撑腰，他们才文采飞扬。

　　但我的诗才不过是你诗魂的重现，

　　是你让我的粗陋升华到博学高尚。

《十四行诗集》

俊朋友，我看你绝不会衰老，

自从第一次和你双眸相照，

你至今仍貌美如初。三冬之寒

已从疏林摇落三夏之妖娆，

三度阳春曾转眼化作金秋，

我曾踱过时序轮回之桥，

看三回四月芳菲枯焦于六月，

而你仍鲜丽如昔似叶绿花娇。

唉，叹美色暗殒如时针流转，

不见其动，却已偷渡钟面几遭。

那么你虽然貌似艳丽如旧，

或骗过我眼，暗地风韵渐消。

　　唉，不由我心焦，来世来生听我忠告，

　　你们尚未出世，美夏却已泯灭在今朝。

《十四行诗集》

你是我的音乐，当你在幸运的琴键上

弹奏乐章，你轻柔的手指拂过键盘，

于是琴弦上随指泻出一串清响，

忍叫我双耳听了乐得发狂，

我常常多么羡慕那些轻灵的琴键

跳荡着亲吻你柔嫩的指掌，

而我焦渴的嘴唇却无缘窃玉偷香，

只能愧对大胆的琴键兀自羞立一旁。

心痒难熬，我但愿自己的双唇

能与欢跳的琴键易境换装，

因为你轻盈的手指一旦掠过它们，

虽使枯木逢春却使活唇凄凉。

　　既然放肆的琴键因此快乐无比，

　　给它们手指，我则把你的芳唇品尝。

《十四行诗集》

假如我的真爱只结胎于时势和环境，

它就是命运的私生子，找不到父亲，

或贱如野草，或跻身丽苑，

升沉冷暖只依靠与世浮沉。

哦，不，我的爱不会受机缘的影响，

它既不会因顺境而反遭厄运，

也不会潦倒于愤世之积怨不平，

这种不平是流行于本朝的忧郁病。

它不惧怕那些患得患失的弄权者，

恰如异教徒出租房屋赚取片时碎金。

不，它只是卓然鼎立，远虑深谋，

不因热而长，也不遭溺于雨淋。

　　为我的话作证吧，为世所爱憎的痴人，

　　你们或为善而死，或至今为恶而生。

《十四行诗集》

但是你可以不辞而别铁了寸心，

反正今生今世你已是我的人，

我的命不会长过你的爱，

因为是你的爱使我在世苟存。

既然你蹙眉就足以置我于死命，

我又何须惴惴不安于浩劫之来临？

既然天堂之门可让我驻足其内，

我又何须在世只看你的脸色生存？

既然你一变心我就小命不保，

我又何须自寻烦恼惧你覆雨翻云？

哦，我找到多么堂皇的幸福名义，

幸福地拥有你的爱，幸福地丧生！

　　但天下哪会有十全十美的事情，

　　我或许蒙在鼓里不知你存有二心。

《十四行诗集》

凡伦丁　与其活着受煎熬，何不一死了事？死不过是把自己放逐出自己的躯壳以外；西尔维娅已经和我合成一体，离开她就是离开我自己，这不是和死同样的刑罚吗？看不见西尔维娅，世上还有什么光明？没有西尔维娅在一起，世上还有什么乐趣？我只好闭上眼睛假想她在旁边，用这样美好的幻影寻求片刻的陶醉。除非夜间有西尔维娅陪着我，夜莺的歌唱只是不入耳的噪音；除非白天有西尔维娅在我的面前，否则我的生命将是一个不见天日的长夜。她是我生命的精华，我要是不能在她的煦护拂庇之下滋养我的生机，就要干枯憔悴而死。即使能逃过他这可怕的判决，我也仍然不能逃避死亡；因为我留在这儿，结果不过一死，可是离开了这儿，就是离开了生命所寄托的一切。

《维洛那二绅士》

培尼狄克　……我真不懂一个人明明知道沉迷在恋爱里是一件多么愚蠢的事，可是在讥笑他人的浅薄无聊以后，偏偏会自己打自己的耳光，照样跟人家闹起恋爱来；克劳狄奥就是这种人……

《无事生非》

俾隆　而我——确确实实，我是在恋爱了！我曾经鞭挞爱情；我是抽打相思的鞭子手；我把刻毒的讥刺加在那个比一切人类都更傲慢的孩子的身上，像一个守夜的警吏一般监视他的行动，像一个厉害的塾师一般呵斥他的错误！这个盲目的、哭笑无常的、淘气的孩子，这个年少的老爷，矮小的巨人，丘匹德先生；掌管一切恋爱的诗句，交叉的手臂，叹息、呻吟、一切无聊的踯躅和怨尤的天上君王，受到天下痴男怨女敬畏的大王，统领忙于处理通奸案件的衙役们的唯一将帅；啊，我怯弱的心灵，难道我倒要在他的战场上充当一名班长，把他的标志带满在身上，活像卖艺人耍的套圈……

《爱的徒劳》

俾隆　亲爱的朋友们，亲爱的情人们，啊！让我们拥抱吧。我
们都是有血有肉的凡人；大海潮升潮落，青天终古常新，陈腐的戒
条不能约束少年的热情。我们不能反抗生命的意志，我们必须推翻
不合理的盟誓。

《爱的徒劳》

占有了你我便富比王侯，是否我的心灵

便因此染上了帝王自我阿谀的瘟病？

不，或许我应该说，还是眼睛的话儿真？

因为你的爱使他们学会点石成金，

使妖魔也能化作天使般的婴儿，

美貌温存恰如同你的自身，

使天下目力所及的一切事物

纵然丑恶，转眼便美奂无伦。

哦，答案是前者，是眼睛的谄媚，

我这伟岸的心灵把它一口吞尽。

我的眼睛深知心灵的胃口，

所以按它的口味备下了杯羹：

　　倘若杯羹中有毒，喝羹者罪也较轻，

　　我的眼睛也喜欢它，早将味儿先品。

《十四行诗集》

81

有一天我或许在你心中一落千丈,

我过去的长处只赢得你轻慢的目光。

那时我当奋起反抗自己,

忘掉你的负心, 证明你高尚。

对自己的缺点我最知内情,

为了你我可以编造撒谎,

说我内藏奸诈、人所不齿,

你失掉我的友谊, 但赢得人们的赞扬。

我由此也将别有补偿,

我虽然设计将自己损伤,

但既然我全部的爱心都在你身上,

伤我就保了你, 保了你我也就沾光。

　　一切全属于你, 我的爱就是这样,

　　只要为了你好, 我情愿蹈火赴汤。

《十四行诗集》

我的大脑里的东西只要能成为笔底诗文,

有哪一样不曾用来向你描述我的真心?

表达我的深爱, 描摹你的美艳,

可怜声音与文字再不能花样翻新。

虽说如此, 宝贝儿, 我仍将日日夜夜

念经似地叨念同一篇爱的经文。

休说是老调重弹，你属我，我属你，

我说了又说，宛若当初敬颂你的芳名。

于是在新鲜爱匣中的永恒之爱，

自能远避年岁带来的磨损与灰尘，

自能免皱纹唐突挤占一席之地，

好使暮年残月永伴不死的青春。

尽管时光与外貌难遮掩爱的死相，

那最初的一缕爱叶却永远不会枯黄。

《十四行诗集》

我心里至今记着你送我的笔记本，

其中的每一字每一行都写得分明，

它们的品位高居一切留言赠语之上，

凌越千秋万代，直到永恒，

或者至少延续到那么一天，

当心和脑再也不能正常运行，

它们将彻底遗忘掉你的一切，

但是关于你的记录仍将永远留存。

可怜的笔记本容不下太多的东西，

我也不需别的手段来长保你的真情。

所以，我不再依靠你那本手册，

却信托更有效的珍藏手段——我的心：

假使只有靠备忘录才能记住你，

那么这岂非暗示我是个健忘的人？

《十四行诗集》

今日因祸得福于你过去对我的无情，

回首当初，我曾感到多么伤心，

至今难以承受自己过失的重负，

因为我的神经毕竟不是钢铁铸成。

假如我曾像你这样对我无情相待，

那你就会至今在炼狱里栖身。

我这粗心的暴君竟从未偷空

把你对我伤害的程度加以权衡。

但愿我们凄凉的夜晚还会记得

你残酷的打击深深刺伤了我的心灵，

我于是立刻仿效你向你奉献歉意，

它如同药膏可医治你受伤的胸襟！

你那时的过错而今变成了补偿，

我的抵消你的错误，你的抵消我的罪行。

《十四行诗集》

借得你的真爱和怜悯我当抹尽

流言的长舌在我额上烙下的污痕；

只要蒙你青眼相顾为我文过饰非，

我又何须在意对我说长道短的世人？

你既是我整个的世界，我必须

亲耳听到你对我的颂扬和批评。

我视世人皆亡，世人视我已死，

还有谁能以善恶改我铁石之心？

我已把旁人的品头论足都抛入

万丈深坑，我像聋蛇充耳不闻

恶意的诽谤或善意的奉承，

我这样超然冷漠，本有原因：

　　　你如此深深地扎根在我心底，

　　　我想，除了你，全世界都已死。

《十四行诗集》

曾翻阅过远古史册的零篇残简，

见往昔的美人留踪于字里行间，

古谣之美在于它讴歌的便是美，

绝色多情的佳人骑士都曾笔底生辉。

镂句雕章，早写尽天姿国色，

毫端翰墨临摹尽手足眼唇及双眉，

如椽的画笔分明是想画出美妙之身，

一如你今日展现的风采倾国倾城。

所以往古的一切赞词都无非是预言，

预言我们这个时代，预言你的诞生。

因为古代诗人还只能想象你的风韵，

要歌颂你的价值还缺乏足够的才情。

　　即便是我们，今日有幸亲睹尊颜，

　　也只能望而兴叹，恨无妙语惊人。

《十四行诗集》

有人说你错在年少浪荡，

有人说你美在年少情长，

美和错都多少受人赞赏，

你的过错反使你美色增光。

就如同女王手上所戴的珠宝，

再粗劣也会受到人颂扬。

你身上的过失情形也一样，

有人引为真理，有人为之捧场。

假如狼的狰狞换上了羊的温驯，

多少羔羊将陷入恶狼的魔掌。

假如你一展你全部的风采，

多少人会为你魂飞魄荡。

　　可你千万别这样，我的爱非比寻常，

我既然拥有你，也该拥有你的好名望。

《十四行诗集》

难道他的诗帆已长驱直入你的沧溟，

先声夺人俘获了你价值连城的芳心？

可怜我情思万种却只能愁锁脑际，

忍叫化育情思的子宫变作荒坟。

难道是他的诗心受鬼使神差

写下超凡的诗句，令我落魄伤魂？

不，不是他，也不是夜半的精灵

曾助他一臂之力使我的诗思告罄。

他和那个伸出援手的和蔼幽灵

都不能夸口曾星夜用智共举奇兵，

遂使我情场败北，无奈缄口称臣，

因而我镇静自若，不诧也不心惊。

　　但当他的劲作直入你的心门，

　　我无门可进，软搭搭没了精神。

《十四行诗集》

有谁能够说出更美的颂词

超过这一句："只有你才是你？"

在谁的禁宫中有这样一种宝库，

会随着你的宝贝涨缩合宜？

那一管笔中所藏真是贫瘠无比，

难滴出些许铅华赋赠它的母题。

唯那歌颂你者能省识"你才是你"，

那他的诗威才能与你并驾齐驱。

且让他只是把你当原稿抄录，

别把造化结晶的成品损坏抛弃，

这样一幅摹品会使它艺名鹊起，

普天下唯他的诗风所向披靡。

　　你该对你美丽的祝福加以诅咒。

　　爱听恭维，恭维的价值就会降低。

《十四行诗集》

啊，一面写颂诗，一面满怀凄凉，

因为另一名高手也在把你歌唱。

为了赞美你他不惜搜索枯肠，

要使我钳口结舌、颓笔无光。

但既然你的德行广若四海，

当容得小船大舶共水同航；

我这轻舟虽万难与其艨艟比量，

又何妨随意驶进你海阔天长。

你有浅处可令我戏波其上，

亦有深处可供他纵马松缰。

偶遇不测，我只是偏舟一叶不须惜，

他却是巨舰宏构，帆重桅高价高昂。

　　他日里，假如是他得宠我遭放，

　　最坏不过此下场：我爱使我亡。

《十四行诗集》

为什么我的诗缺乏点睛之笔，

行文沉闷呆板，千篇一律？

为什么我的诗不顺应时尚，

花样翻新，自铸奇特的伟辞？

为什么我总是重复同一个主旨，

我的所有诗趣总穿同一件诗衣？

几乎每一个词都打着我的印记，

透露它出自何手，意在何地何时。

啊，我的小亲亲，我的笔底明珠，

我只是写你、写爱、永远不会换题。

竭聪尽智，我只能陈辞翻出新意境，

旧曲重弹，又何妨故技今日再重施。

　　天上太阳，日日轮回新成旧，

　　铭心之爱，不尽衷肠诉无休。

《十四行诗集》

哦，为了防止世人对你究底盘根，

我即身已殁，尚有何德何能，

敢蒙你垂青？呵，爱啊，忘掉我，

因为你确实找不到我可爱的铁证。

除非你能罗织出无害的谎言，

对我大肆吹嘘，施朱着粉，

为九泉之下的我捧出更多的颂词，

全不顾夸张的话当以事实为本。

哦，怕你的真爱又因此显得虚伪，

怕人说你为了爱对我阿谀奉承。

我倒愿我的姓名和肢体同卧荒丘，

免得它苟行于世令你抱惭蒙羞。

    我因此愧对自己的涂鸦之作，

    你爱了不值得爱的也会脸红如火。

《十四行诗集》

俾隆　……恋爱是充满了各种失态的怪癖的，因此它才使我们表现出荒谬的举止，像孩子一般无赖、淘气而自大；它是产生在眼睛里的，因此它像眼睛一般，充满了无数迷离惝恍、变幻多端的形象，正像眼珠的转动反映着它所观照的事事物物一样。要是恋爱加于我们身上的这一种轻佻狂妄的外表，在你们天仙般的眼睛里看来，是不适宜于我们的誓言和身份的，那么你们必须知道，就是这些看到我们的缺点的天仙般的眼睛，使我们造成了这些缺点……

《爱的徒劳》

赫米娅　既然真心的恋人们永远要受磨折似乎已是一条命运的定律，那么让我们练习着忍耐吧；因为这种磨折，正和忆念、幻梦、叹息、希望和哭泣一样，都是可怜的爱情缺不了的随从者。

《仲夏夜之梦》

公爵　女人的小小的身体一定受不住像爱情强加于我心中的那种激烈的搏跳；女人的心没有这样广大，可以藏得下这许多；她们缺少含忍的能力。唉，她们的爱就像一个人的口味一样，不是从脏腑里，而是从舌尖上感觉到的，过饱了便会食伤呕吐；可是我的爱就像饥饿的大海，能够消化一切。不要把一个女人所能对我发生的爱情跟我对于奥丽维娅的爱情相提并论吧。

《第十二夜》

雷欧提斯　……人类的天性由于爱情而格外敏感，因为是敏感的，所以会把自己最珍贵的部分舍弃给所爱的事物。

《哈姆雷特》

阿维拉古斯　要是说这样的话是罪恶，父亲，那么这不单是我哥哥一个人的过失。我不知道我为什么爱这个少年；我曾经听见您说，爱的理由是没有理由的。假如枢车停在门口，有人问我应该让谁先死，我会说："让我的父亲死，让这少年活着吧。"

培拉律斯 （旁白）啊，高贵的气质！优越的天赋！伟大的胚胎！怯懦的父亲只会生怯懦的儿子，卑贱的事物出于卑贱。有谷实也就有糠麸；有猥琐的小人，也就有倜傥的豪杰。我不是他们的父亲；可是这少年不知究竟是什么人，却会造成这样的奇迹，使他们爱他胜于爱我……

《辛白林》

我的诗神岂会缺乏诗材与诗思，

只要你活着，你自己就是甜美的主题。

你踊动于我的诗章，如此美妙，

要描摹你，焉能谬托蹩脚诗人的颓笔？

假如我的诗有聊供垂鉴之处，

那也全是由于你的惠顾。

正是你点燃了想象的火把，

才令无动于衷者为你诗情勃发。

你超过你面前的九位老缪斯十倍，

你将名列十位诗神榜中而无愧。

且让求助你的诗人诗花怒放，

写出超迈永恒的不朽篇章。

倘这苛求时代容得下我微薄的诗才，

我当万苦不辞只写诗将你讴歌礼拜。

《十四行诗集》

我绝不承认两颗真心的结合；会有任何障碍；爱算不得真爱。若是一看见人家改变便转舵，或者一看见人家转弯便离开。哦，决不！爱是亘古长明的灯塔，它定睛望着风暴却兀不为动。爱又是指引迷舟的一颗恒星，你可量它多高，它所值却无穷。爱不受时光的播弄，尽管红颜，和皓齿难免遭受时光的毒手。爱并不因瞬息的改变而改变，它巍然矗立直到末日的尽头。我这话若说错，并被证明不确，就算我没写诗，也没人真爱过。

《十四行诗集》

你占有了她，我并不因此过度伤情，

虽说我对她也还算有一片痴心。

她占有了你，这才令我号啕欲绝，

这挚爱的丧失使我几乎痛彻心庭。

情场作案者呵我只好这样来为你们开脱：

你爱她，不过是因为我是她的情人；

她骗我，也因为她对我无限倾心，

所以才让我的朋友与她试续云雨情。

我虽失掉你，我情人却因之有所补，

我虽失掉她，我朋友却因之有所进。

你俩互进互补，我却两头落空。

只是为我着想，你们才让我尝尽酸辛。

　　我且把单相思当苦中乐：你我本同根，

　　随她如何爱，爱的也只可能是我本人。

《十四行诗集》

我有时醉心于沉思默想，

把过往的事物细细品尝；

我慨叹许多未曾如愿之事，

旧恨新愁使我痛悼蹉跎的时光。

不轻弹的热泪挤满我的双眼，

我恸哭亲朋长眠于永夜的孤魂，

叹多少故人旧物如逝水难追，

勾起我伤怀久已诀别的风情。

忧心再起为的是流年遗恨，

旧绪重翻件件令我愁锁心庭。

有多少伤心事如旧债难数，

今日重了账，仿佛当时未还清。

　　但只要此刻我想到了你，朋友，

　　损失全挽回；愁云恨雾顿时收！

《十四行诗集》

那么，在你未经提炼之前，

莫让冬寒粗手把你体内的夏天掠夺，

让那净瓶魔香吧，快趁你美的精华

未自戕之际，把它们投放进某一个处所，

这样的投放，并不是非法放债，

它会使借债付息者们打心底里快活。

这就是说你须得为自己生出另一个人，

倘若能生十个，则会有十倍的快活。

假如你有十个孩子重现你十副肖像，

你现在的幸福就被十倍超过。

这样一来，你便活在你自己的后代身上，

在你弥留之际，纵是死神也莫奈你何！

　　别太固执了，你是如此绝色无匹，

　　岂能让死神掳去，让蛆虫继承芳姿。

《十四行诗集》

既然我白天黑夜不能安心独处，

白昼的压迫在夜晚得不到消除，

日以继夜，夜以继日，愁烦更苦，

我又怎能够使快乐的心境恢复？

日和夜虽然原本互相为敌，

但折磨我的却联手作战配合默契。

一个让我辛劳，一个让我哀怨，

说我跋涉得远，却离你更远。

我讨好白昼，告诉它你四射光芒，

纵云遮丽日，你可使白昼辉煌。

我又这样去巴结阴暗的夜晚，

说一旦星星消残，你可使夜空光亮。

　　然而白昼却一天天使我忧心加重，

　　夜晚则一晚晚使我愁思更浓。

《十四行诗集》

如果你的寿限长过我坦然面对的天命之数，

当无情的死神掩埋我的尸骨于一抔黄土，

而你偶然翻读你这位死去的情郎

曾在世时写下的粗鄙、拙劣的诗章，

你让它们与时下的杰构佳篇相比，

发现它们逊色于每一位诗人的手笔，

论技巧总不如那些幸运儿的硕果辉煌，

但请保留我的吧，只为爱不为韵脚的铿锵。

呵，但愿你开怀大度尽量把我往好处想：

假如我朋友的天赋能与世推移，

凭他的真爱必能吟出更好的诗行，

使他能与当世高手并驾齐驱。

而他既已不幸辞世，诗人们诗艺倍增，

我将欣赏后者的文采，但读前者的爱心。

《十四行诗集》

挥霍成性的可人，为什么你把

美的遗产耗光在你的自身？

造化只出借却不会馈赠，

她生性慷慨也只出借慷慨之人。

那么美丽的吝啬鬼，你为什么滥用

造化托你转交的美丽的礼品？

无利可图的食利者啊，你为什么

挥霍了重金，却仍不能安生？

只因你仅仅和自己买卖经营，

你行骗也只骗了你甜蜜的自身。

那么当造化有一天唤走你的生命，

你怎能把满意的清单留与世人？

何不如风流，让后代使你容貌长依旧，

不然你那未被垂顾之美只好殉葬荒丘。

《十四行诗集》

普洛丢斯　唉！青春的恋爱就像阴晴不定的四月天气，太阳的
光彩刚刚照耀大地，片刻间就遮上了黑沉沉的乌云一片！

《维洛那二绅士》

俾隆 可是从一个女人的眼睛里学会了恋爱，却不会禁闭在方寸的心田，它会随着全身的血液，像思想一般迅速地通过百官四肢，使每一个器官发挥出双倍的效能；它使眼睛增加一重明亮，恋人眼中的光芒可以使猛鹰眩目；恋人的耳朵听得出最细微的声音，在任何鬼祟的奸谋都逃不过他的知觉；恋人的感觉比戴壳蜗牛的触角还要微妙灵敏；恋人的舌头使善于辨味的巴克科斯显得迟钝；讲到勇力，爱情不是像赫拉克勒斯一般，永远在乐园里爬树想摘金苹果吗？像斯芬克斯一般狡狯；像那以阿波罗的金发为弦的天琴一般和谐悦耳；当爱情发言的时候，就像诸神的合唱，使整个的天界陶醉于仙乐之中。诗人不敢提笔抒写他的诗篇，除非他的墨水里调和着爱情的叹息；啊！那时候他的诗句就会感动野蛮的猛兽，激发暴君的天良。

《爱的徒劳》

朱丽叶 你爱我吗？我知道你一定会说"是的"；我也一定会相信你的话；可是也许你起的誓只是一个谎，人家说，对于恋人们的寒盟背信，天神是一笑置之的。温柔的罗密欧啊！你要是真的爱我，就请你诚意告诉我；你要是嫌我太容易降心相从，我也会堆起怒容，装出倔强的神气，拒绝你的好意，好让你向我婉转求情，否则我是无论如何不会拒绝你的。俊秀的蒙太古啊，我真的太痴心了，所以

也许你会觉得我的举动有点轻浮；可是相信我，朋友，总有一天你
会知道我的忠心永远胜过那些善于矜持作态的人。

《罗密欧与朱丽叶》

我知你并非和我的诗神有过姻亲，

因而你大可以披览别人的诗文，

看他们如何为你舞文弄墨，

你不妨以赞许的恩威细斟漫评。

你两全其美，不管是外表还是学问，

知我这颓笔难为你的大德写真，

你因此不得不另请高明，

好将你新时代的肖像来一番更新。

好吧，我的爱，就这样倒也成，

让他们施朱着粉、辞藻用尽，

你那实在的美色只在我诗里留存，

尽管我辞彩淡，话儿却说得真真。

　　他们的浓脂可使贫血脸生红晕，

　　但对你的芳容却简直白费苦心。

《十四行诗集》

我的爱骨子里已加强，外表上显得弱，

我脸上虽显淡漠，心里却热恋如火。

爱既然不是商品，爱者的舌头

就无须四处将其价值传播。

想起我们的初恋，那时正值阳春，

我总是唱着歌儿却迎接爱的来临，

有如夜莺婉转鸣啼于初夏，

要到夏末之时才停止歌吟。

不是说此刻的夏季不如当年惬意，

那时，他那哀伤之调曾使万籁无声。

我是说而今百鸟狂噪孤枝欲坠，

曲儿太多太俗，必失宠于心庭。

　　因此，我学夜莺，偶尔也紧闭双唇，

　　以免我用过多的曲儿使你烦心。

《十四行诗集》

有一天，地狱的阴差自地狱来临

不由分说将我拘走，但不必担心，

我的诗行与我的生命已藕断丝连，

宛若纪念旧情之物长随在你身。

一旦你重读这些诗行，你会看到

我专为奉献于你的那一部分，

恰如土本属于土，理所当然，

那是我的精粹，是我的精神。

因而，我的肉体一旦泯灭，

你失去的不过是生命的渣滓，

是蛆虫之食和恶棍刀下的懦夫，

太卑贱了，真不配你口诵心记。

    我这微躯所值全赖有内在之魂，

    忠魂化诗句，长伴你度过余生。

《十四行诗集》

假如有真赋予的甜蜜作装潢

美就一定会更加美色无双！

娇美的玫瑰之所以使人感到它更美，

是因为它那甜美的活色生香。

野蔷薇花枝招展但没有香味，

凭色相却可与馥郁的玫瑰争辉。

当夏风撩开了它们隐蔽的花蕾，

它们绽放枝头，自觉千娇百媚。

但它们的德行只是其外表，

开时无人羡其色，谢时无人叹其凋，

只落得悄然自殒，岂如玫瑰浓馨扬，

虽红颜薄命，骨炼也成余香。

    你也一样，美丽可爱的"少年人"，

    当色去香空，我的诗会提炼出你的纯情。

《十四行诗集》

这一场跋涉真的令人神疲力倦，

待如愿以偿地走到困顿旅途的终点，

一阵安逸接一场甜梦忽叫我省悟：

我和你又分隔得多么遥远。

压在我身下的坐骑不堪我的苦痛，

缓缓前行，承载着我那一团沉重，

可怜的马儿似从某一种本能得知，

骑手爱的不是速度，越快越远离开你，

带血的马刺也激不起他前进的兴头，

发怒的骑手于是猛刺进他的皮肉。

马儿忽然沉重地回报出一声呻吟，

我听了钻心更甚于马刺刺进他的身。

　　正是这一声低吟叫我突然清醒——

　　快乐已成身后事，惆怅眼前生。

《十四行诗集》

就说你对我负心是因为我自己有罪，

我愿意对你的冒犯文过饰非；

说我腿瘸，我立刻蹿跳着行走，

对你给我的指摘绝不加以反对。

爱啊，如果你想造成体面的结局，

因而需要搞臭我自己的名声，

与其你淤口相喷，不如我自辱其身。

我既已参透你暗藏于中的心事，

自会忍痛绝交，此后便形同路人。

躲开你，也不再提到你的芳名尊姓，

免得我过分亵渎、伤害了它，

或不小心透露了我们旧有的交情。

　　为了你我发誓与自己来一场恶战，

　　凡你所憎恶的人我一定手黑心残。

《十四行诗集》

使我臣服于你之前的神灵

不准我限制你行乐的光阴，

不准我弄清你如何度过每一个时辰。

即是你的臣下，只能任你纵情。

啊，就让我遵命自囿于孤独的牢狱吧，

你既然肆意逍遥，二意三心。

让我默然忍受你的声声呵斥，

绝不对你的伤害抱有微词。

你随意而往吧，既然你享有特权。

可自由支配你的时间，

为所欲为吧，你已有特权，

可将你的一切罪行赦免。

我绝不责你寻欢作乐，管它是恶是善，

我只能期待如牢囚，哪怕把牢底坐穿。

《十四行诗集》

普洛丢斯 ……真正的爱情是不能用言语表达的，行为才是忠心的最好说明。

《维洛那二绅士》

克劳狄奥 ……友谊在别的事情上都是可靠的，在恋爱的事情上却不能信托：所以恋人们都是用他们自己的唇舌。谁生着眼睛，让他自己去传达情愫吧，总不要请别人代劳，因为美貌是一个女巫，在她的魔力之下，忠诚是会在热情里溶解的。这是一个每一个时辰里都可以找到证明的例子，毫无怀疑的余地……

《无事生非》

海丽娜 ……一切卑劣的弱点，在恋爱中都成为无足重轻，而变成美满和庄严。爱情是不用眼睛而用心灵看着的，因此生着翅膀的丘比特常被描成盲目；而且爱情的判断全然没有理性，光有翅膀，不生眼睛，一味表示出鲁莽的急躁，因此爱神便据说是一个孩儿，因为在选择方面他常会弄错。正如顽皮的孩子惯爱发假誓一样，司爱情的小儿也到处赌着口不应心的咒……

《仲夏夜之梦》

公爵 啊，那太老了！女人应当拣一个比她年纪大些的男人，这样她才跟他合得拢来，不会失去她丈夫的欢心；因为，孩子，不论我们怎样自称自赞，我们的爱情总比女人们流动不定些，富于希求，易于反复，更容易消失而生厌。

《第十二夜》

公爵 假如音乐是爱情的食粮，那么奏下去吧；尽量地奏下去，好让爱情因过饱噎塞而死。又奏起这个调子来了！它有一种渐渐消沉下去的节奏。啊！它经过我的耳畔，就像微风吹拂一丛紫罗兰，发出轻柔的声音，一面把花香偷走，一面又把花香分送。够了！别再奏下去了！它现在已经不像原来那样甜蜜了。爱情的精灵呀！你是多么敏感而活泼；虽然你有海一样的容量，可是无论怎样高贵超越的事物，一进了你的范围，便会在顷刻间失去了它的价值。爱情是这样充满了意象，在一切事物中是最富于幻想的。

《第十二夜》

是在春天的时候我就离开了你，

那时灿烂缤纷的四月披上了彩衣，

就连忧郁的土星也含笑翩翩起舞，

呵，天下万物处处都注满了生机。

然而不管是百花斗彩的扑鼻奇香，

也不管是悦耳醉人的莺歌燕语，

都不能使我采摘下怒放的花儿，

或讲述关于夏天的任何故事。

我也不企羡百合花的洁白，

也不赞叹红玫瑰的色艳香奇。

它们是你的摹晶，有雅态浓香，

何敢与你这原型相匹，你万美皆具。

　　于是我仍身处隆冬，只因你在异地，

　　我与这众花嬉玩，若寄情于你的影子。

《十四行诗集》

他们本有能耐害人却没有害人的心，

他们有很想做的事却没有做的闲情。

他们让它者动心，自己却磐石般安静，

冷漠不动，视诱惑如怕火烧身。

唯他们能继承上天的美质，

使造化的财产免消耗而长存；

他们是他们自己美貌的主宰，

别的人只是看护其美色的园丁。

夏日的花朵总把芬芳献给夏日，

它们自己却是吐尽香艳便凋零。

但是若花儿不幸染上了病毒，

那么最卑贱的野草也比它高贵十分。

　　再香的东西一旦变质就臭不可闻，

　　百合花一旦腐朽就比野草还可恨。

　　　　　　　　　　　　　　《十四行诗集》

你乐意恨我就恨我吧，立刻开始，

反正世人们现在都想和我为敌，

你可和厄运联手强令我折腰，

别等我倒霉之时再落井下石。

啊别，当我的心已不再悲戚，

不要让旧伤痕再添上忧思，

不要让暴风夜续接黎明的急雨，

注定要来的厄运，何苦要延宕拖迟。

你如果要抛弃我，不要拖到最后，

不要让我忍受春水长流般的轻愁，

要来就一齐来，也好让我一开始

就把厄运最苦的滋味尝个够。

　　其他各类忧伤尽管也像忧伤，

　　但和失掉你相比不过小事一桩。

　　　　　　　　　　　　　　《十四行诗集》

费边　她当着您的脸对那个少年表示殷勤，是要叫您发急，唤醒您那打瞌睡的勇气，给您的心里燃起火来，在您的肝脏里加点儿硫磺罢了。您那时就该走上去向她招呼，说几句崭新的俏皮话儿叫那年轻人哑口无言。她盼望您这样，可是您却大意错过了。您放过了这么一个大好的机会，我的小姐自然要冷淡您啦；您目前在她心里的地位就像挂在荷兰人胡须上的冰柱一样，除非您能用勇气或是手段干出一些出色的勾当，才可以挽回过来。

《第十二夜》

克瑞西达　……女人在被人追求的时候是个天使；无论什么东西，一到了人家手里，便一切都完了；无论什么事情，也只有正在进行的时候兴趣最为浓厚。一个被人恋爱的女子，要是不知道男人重视未获得的事物，甚于既得的事物，她就等于一无所知；一个人要是以为恋爱在达到目的以后，还是像热情未获满足以前一样的甜蜜，那么她一定从来不曾有过恋爱的经验。所以我从恋爱中间归纳出这一句箴言：既得之后是命令，未得之前是请求。虽然我的心里装满了爱情，我却不让我的眼睛泄漏我的秘密。

《特洛伊罗斯与克瑞西达》

克莉奥佩特拉　要是那真的是爱，告诉我多么深。

安东尼　可以量深浅的爱是贫乏的。

克莉奥佩特拉　我要立一个界限，知道你能够爱我到怎么一个程度。

安东尼 那么你必须发现新的天地。

《安东尼与克莉奥佩特拉》

黄蜡不论冻得多么硬，经拨弄都要熔／最后只轻轻一按，还能变成万状千形／本来无望的事，大胆尝试，往往能成功／特别在情场中，得寸进尺，更得凭勇猛／爱并不是一来就晕，和灰脸的懦夫相同／它的对象越扎手，它的进攻就该越起劲。

《维纳斯与阿都尼》

当你在我身边的时候，黑夜也变成了清新的早晨。

《暴风雨》

……"爱"能对每样灾难悲愁，都解说阐明。

《莎士比亚全集》

早结果的树木一定早凋谢。

《莎士比亚全集》

……在恋爱中的人们总是急于求成……

《莎士比亚全集》

与其在无望的相思中熬受着长期的痛苦，不如采取一种干脆爽快的行动。

《泰特斯·安德洛尼克斯》

我从恋爱中归纳出一句箴言：既得之后是命令，未得之前是请求。

《莎士比亚全集》

最好的就是最好，永不需什么粉饰。

《十四行诗集》

……越是到处宣扬着他们的爱情的，他们的爱情越是靠不住。

《维洛那二绅士》

你在我身上会看到这样的时候，

那时零落的黄叶会残挂枝头，

三两片在寒风中瑟瑟发抖，

荒凉的歌坛上不再有甜蜜的歌喉。

你在我身上会看到黄昏时候

落霞消残，渐沉入西方的天际，

夜幕迅速将它们通通带走，

恰如死神的替身将一切锁进牢囚。

你在我身上会看到这样的火焰，

它在青春的灰烬上闪烁摇头，

如安卧于临终之榻，待与

供养火种的燃料一同烧尽烧透。

　　看到了这一切，你的爱会更加坚贞，

　　宝爱我吧，我在世的日子已不会太久。

《十四行诗集》

　　爱，和炭一样，烧起来得想办法叫它冷却。让它任意着，那就要把一颗心烧焦。

《莎士比亚全集》

　　当爱情的浪涛被推翻之后，我们应当友好地分手，说一声"再见"。

《莎士比亚全集》

　　所喜获得新交的朋友，是比哀悼已故的亲人更为有益的。

《爱的徒劳》

　　草率的婚姻少美满。

《莎士比亚全集》

莎士比亚

它（爱）叫懦夫变得大胆，却叫勇士变成懦夫。

《维纳斯与阿都尼》

要和一个男人相处得快乐，你应该多多了解他而不必太爱他；要和一个女人相处得快乐，你应该多爱她，却别想要了解她。

《莎士比亚全集》

一个使性的女人，就像一池受到激动的泉水，混浊可憎，失去一切的美丽，无论怎样喉干吻渴的人，也不愿把它啜饮一口。

《驯悍记》

有一天你会听到阴郁的钟声

向世人宣告我已逃离这污秽的世界

伴随最龌龊的蛆虫往另一世界安身，

我劝你千万不要为我而悲鸣。

还有，你读这诗行的时候千万别记挂

这写诗的手，因为我爱你至深，

唯愿被忘却在你甜甜的思绪里，

我怕你想到我时会牵动愁心。

哦，我说，如果你垂顾这诗句时，

我或许已化作土石泥尘，

请不要重提我这可怜的名字，

只要你的爱与我的命同葬荒坟。

　　这样就不怕聪明人看透你的哀怨，

　　在我死后用我作把柄拿你寻开心。

《十四行诗集》

　　爱情是叹息吹起的一阵烟；恋人的眼中有它净化了的火星；恋人的眼泪是激起的波涛。它又是智慧的疯狂，哽喉的苦味，沁舌的蜜糖。

《莎士比亚全集》

　　……爱情虽然会用理智来作疗治相思的药饵，它却是从来不听理智的劝告的。

《温莎的风流娘儿们》

　　亲密的爱情一旦受到激动，是会变成最深切的怨恨的。

《莎士比亚全集》

　　情人们和疯子们都富于纷乱的思想和成形的幻觉，他们理会到的永远不是冷静的理智所能充分了解。

《仲夏夜之梦》

理智可以制定法律来约束感情，可是热情激动起来，就会把冷酷的法律蔑弃不顾……

《威尼斯商人》

一个人发起疯来，会把血肉的凡人敬若神明，把一只小鹅看作一个仙女；全然的、全然的偶像崇拜。

《爱的徒劳》

酒杯里也许浸着一个蜘蛛，一个人喝了酒去了，却不会中毒，因为他没有知道这回事；可是假如他看见了这个可怕的东西，知道他怎样喝了这杯里的酒，他便要呕吐狼藉了。

《奥赛罗》

一个不惯于流好人之泪的人，可是当他被感情征服的时候，也会像涌流着胶液的阿拉伯胶树一般两眼泛滥。

《莎士比亚全集》

当我忖思，一切充满生机的事物

都只能兴旺短暂的时光，

在世界这大舞台上呈现的一切

都暗中受制于天上的星象；

当我看到人类像草木一样滋长，

任同一个苍天随意褒贬抑扬，

少壮时神采飞动，盛极而渐衰，

往日的鼎盛貌逐步被人遗忘。

正是这种对无常世界的忧思，

使我想到你充满青春朝气的形象，

而今肆虐的时间和朽腐为伍，

要化你青春的洁白为黑夜的肮脏。

为了与你相爱，我将向时间提出宣战，

它使你枯萎，我令你移花接木换新装。

《十四行诗集》

……"痴人求爱，如影捕形，瞻之在前，即之已冥"。

《温莎的风流娘儿们》

谁要是愿意为一个不爱他的女人而去冒生命的危险，那才是一个大傻瓜哩。

《维洛那二绅士》

……恋爱是盲目的，恋人们瞧不见他们自己所干的傻事……

《威尼斯商人》

吵吵闹闹的相爱，亲亲热热的怨恨！

《莎士比亚全集》

他们仔细探究你内心的美，

猜度揣测凭的是你的行为，

他们和善的目光下，却有偏狭的思想，

硬将野草味替代你鲜花的奇香。

　　然而你的花色与花香为何不相配？

　　因为你不择地势随处绽放花蕾。

《十四行诗集》

真实爱情的途径并不平坦。

《莎士比亚全集》

啊！不要指着月亮起誓，它是变化无常的，每个月都有盈亏圆缺；你如果指着它起誓，你的爱情就很可能也会像它一样无常。

《莎士比亚全集》

……年轻人的爱情，都是见异思迁，不是发于真心。

《莎士比亚全集》

爱情永远是自私的……

《莎士比亚全集》

真正的爱情是不能用语言表达的，行为才是忠心的最好说明。

《维洛那二绅士》

一个人应该只有一颗心，不该朝三暮四。

《维洛那二绅士》

青春的血液不会燃烧得如此炽烈无度，像庄重反叛到淫荡一方。

《莎士比亚全集》

吻是爱的契约之印。

《莎士比亚全集》

虚假的爱情是浮在水面的木片。

《莎士比亚全集》

迅速地萎缩，一如你迅速地成长——

在你那个之内，那个你进出自由的地方，

你年轻时贡献的一注精血若存，

你不再年轻时便成为你收获的对象。

那其中活跃着智慧、美丽和繁荣昌盛，

而不是愚蠢、衰老和朽败的冰凉。

若天下都听独身主张，则灭宗灭族，

不出六十年，世界也会消亡。

让造化使无心传宗接代的人

变得丑陋、粗暴、无后而死亡，

而造化的宠爱者得到最多的恩赐，

这些丰厚的馈赠你都理当珍存。

她刻你是要把你作为一枚圆章，

多多盖印，岂可让圆章徒有虚名！

《十四行诗集》

仅仅是爱的影子，已经给人这么丰富的欢乐，要是能占有爱的本身，那该有多么甜蜜。

《莎士比亚全集》

真正的爱情，所走的道路永远是崎岖多阻。

《仲夏夜之梦》

……甜蜜的爱情往往是命运嘴里的食物。

《特洛伊罗斯与克瑞西达》

爱情的道路永不会是平坦的。

《莎士比亚全集》

起先的冷淡，将全使以后的恋爱更加热烈。

《维洛那二绅士》

你可以疑心星星是火把；你可以疑心太阳会移转；你可以疑心真理是谎话；可是我的爱永没有改变。

《哈姆雷特》

……时光，凭你多狠，我的爱在我的诗里将万古长青。

《莎士比亚全集》

啊，愿你就是你自身，但是爱啊，
你拥有自己的时间长不过你的生命，
势不可免的末日会来，你该做好准备，
把你那娇美的形象转让与别人，
这样一来，你那租借来的美色，
就总不会到期———一旦你殒命，
你会再一次成为活生生的自己，
因为你的后嗣会保留你的原形。
谁会让如此美丽的房舍倾圮，
假如细心的照料会赢来无损，
使它免遭受隆冬的狂风凛冽
和死神横扫时的冷酷无情？

哦，只有浪子才会这样，爱，你既知道，

你自己有父亲，就该让你儿子也有父亲。

《十四行诗集》

……一个人倘不是真心喜欢一样东西，绝不会把它赞美得恰如

其分。

《莎士比亚全集》

心心相系的人，在悲哀之中必然会发出同情的共鸣。

《泰特斯·安德洛尼克斯》

越是相爱，越是挂肚牵胸；不这样哪显得你我情浓？

《哈姆雷特》

我的慷慨像海一样浩渺，我的爱情也像海一样深沉；我给你的

越多，我自己也越富有，因为这两者都是没有穷尽的。

《莎士比亚全集》

不爱自己，怎么能爱别人呢？

《莎士比亚全集》

我厌弃一切凡是敏锐的知觉所能感受到的快乐，只有爱您才是我的无上的幸福。

《李尔王》

……幸运是爱情的维系；爱情的鲜艳的容色和热烈的心，也会因困苦而起了变化。

《莎士比亚全集》

吞噬一切的流光，你磨钝雄狮爪，

使大地把自己的幼婴吞掉，

你从猛虎的嘴中撬出了利牙，

教长寿的凤凰被活活燃烧。

你行踪过处，令季节非哭即笑，

呵，捷足的时间，你为所欲为吧，

踏遍河山万里，摧残尽百媚千娇。

但，住手！有一桩罪，罪大不容饶：

你休在我爱人的美额上擅逞刻刀，

你休用古旧的画笔在上面乱抹线条！

你且容他任流光飞逝不改原貌，

但把美的楷模偏留与后世人瞧。

时光老头呵，凭你展淫威、施强暴，

有我诗卷，我爱人便韶华常驻永不凋。

《十四行诗集》

我并不像那一位诗人一样，

因画布上的美人便感而成章，

连苍天都成为他笔底的装饰，

驱群美以衬托他那美貌之郎，

满纸绣词丽句、比附夸张，

海底、珠宝、大地、月亮和太阳，

四月的鲜花，以及一切奇珍异物，

环挂长空，直面宇宙的浩茫。

啊，让我忠实地爱、忠实地写吧，

谁相信我，我的爱虽难与

苍穹金烛台般的星斗争光，

但其美恰如任何母亲的孩子一样。

让别的诗人说尽陈词滥调吧，

我不是贩夫，绝不自卖又自夸。

《十四行诗集》

将来谁会相信我这些歌唱，

如果你至高的美德溢满诗章？

尽管天知道这只是一座坟墓，

葬着你的命，难使你德行张扬。

如果我能描摹你流盼的美目，

把你的千娇百媚织入我的诗行，

未来的时代会说："这位诗人撒谎——

这样的天工之笔从未描过尘世的面庞。"

于是我的诗稿带着岁月的熏黄，

将受到嘲弄，像嘲弄饶舌的老头一样。

你应得的礼赞被看作是诗人的狂想，

或看作一首古曲的虚饰夸张：

　　但如果那时候你有子孙健在，

　　你就双倍活于他身和我的诗行。

《十四行诗集》

爱是一件温柔的东西，要是你拖着它一起沉下去，那未免太难为它了。

《莎士比亚全集》

爱是温柔的吗？它是太粗暴、太专横、太野蛮了；它像荆棘一样刺人。

……爱与恨不能共居。

《莎士比亚全集》

正像火和火药的亲吻，就在最得意的一刹那烟消云散。最甜的蜜糖可以使味觉麻木；不太热烈的爱情才会维持久远，太快和太慢，结果都不会圆满。

《莎士比亚全集》

爱不受时光的拨弄，尽管红颜和皓齿难免遭受时光的毒手；爱并不因瞬息的改变而改变，它巍然矗立直到末日的尽头。

《莎士比亚全集》

……爱是亘古长明的塔灯，它定睛望着风暴却兀不为动；爱又是指引迷舟的一颗恒星，你可量它多高，它所值却无穷。

《莎士比亚全集》

当爱情的浪涛被推翻以后，我们应当友好地分手，说一声"再见"。

《莎士比亚全集》

被摧毁的爱，一旦重新修建好，就比原来更宏伟、更美、更顽强。

《莎士比亚全集》

为什么你期许如此的晴空丽日，

SHASHIBIYA DE QINGSHI

使我轻装上路，不虑遮风避雨，

而一旦我涉足中途，你却让浓云翻飞，

使你四射的光芒在迷雾中消失？

纵然你后来又穿破密云浓雾，

晒干我脸上暴风雨时留下的雨珠，

然而无人会称赞你这种治病药膏：

医治了创伤，医不了心灵的痛楚。

你的羞惭难冰释我彻骨的忧愁，

你虽痛悔再三，我却惆怅依旧。

犯罪者引咎自责，又怎能够驱除

替人受罪者内心的极度悲苦！

　　但是，唉，你流出的情泪是颗颗明珠，

　　价值连城，使你的一切罪恶获得救赎。

《十四行诗集》

照照镜子去吧，给镜中脸儿报一个信，

是时候了，那张脸儿理应来一个再生。

假如你现在不复制下它未褪的风采，

你就骗了这个世界，叫它少一个母亲。

想想，难道会有那么美丽的女人，

美到不愿你耕耘她处女的童贞？

想想，难道会有那么美丽的男子，

125

竟然蠢到自甘坟茔，断子绝孙？

你是你母亲的镜子，在你身上

她唤回自己阳春四月般的芳龄，

透过你垂暮之年的窗口你将看见

自己的黄金岁月，哪怕你脸上有皱纹。

若你虽活着却无意让后人称颂，

那就独身而死吧，人去貌成空。

《十四行诗集》

一时的热情中发下誓愿，心冷了，那意志也随云散。

《哈姆雷特》

……对于恋人们的寒盟背信，天神是一笑置之的。

《维洛那二绅士》

变换的心肠总是不能维持好久的。

《莎士比亚全集》

爱情的理想一致，意志的融合，而不是物质的代名词，金钱的奴仆。

《莎士比亚全集》

……我并不贫穷，因为我深信我的爱心与我的口才更富

时光老人曾用精雕细刻

刻出这众目所归的美颜，

也会对它施暴虐于某一天，

叫倾国之貌转眼丑态毕现。

因为那周流不息的时光将夏季

带到可憎的冬季里摧残，

令霜凝树脂，叫茂叶枯卷，

使雪掩美色，呈万里荒原。

那时若没有把夏季的香精

提炼成玻璃瓶中的液体囚犯，

美的果实亦将随美而消殒，

那时美和美的回忆都成过眼云烟。

　　但如果花经提炼，纵使遇到冬天，

　　虽失掉外表，骨子里却仍然清甜。

《十四行诗集》

我不是从星辰得出我的结论，

可我似乎对占星也不学而精，

但我不想要去预知吉凶祸福，

也不要去卜瘟疫，测气候，占年成。

我不能为分分秒秒算出命运，

127

说每一刻有什么雷、雨和风云。

我也不能凭上苍暗授的什么天机，

披露帝王将相是走红还是背运。

我只是从你的双眼这一对恒星

破谜解惑推导出下述学问：

假如你回心转意哺育儿孙，

真和美就永远繁荣共存。

　　要不然我就会这样给你算命：

　　你的死期也就是真与美的墓门。

《十四行诗集》

　　即使用二十把锁，把"美"牢牢地锁在密室，"爱"也照约能把锁个个打开而斩关直入。

《莎士比亚全集》

　　爱情应是个永远确定的符号，要藐视着风雨，它永不会动摇，爱是那北极星，漂泊的船都靠它导航，它价值无穷，虽然它海拔之高能测量。

《莎士比亚全集》

　　你受人指摘，并不是你的瑕疵/因为美丽永远是诽谤的对象/美丽的无上的装饰就是猜疑/像乌鸦在最晴朗的天空飞翔/所以，检点

128

些，谗言只能更恭维/你的美德，既然时光对你钟情/因为恶蛆最爱那甜蜜的嫩蕊/而你的正是纯洁无瑕的初春/你已经越过年轻日子的埋伏/或未遭遇袭击，或已克服敌手/可是，对你这样的赞美并不足/堵住那不断扩大的嫉妒的口/若没有猜疑把你的清光遮掩，多少个心灵的王国将归你独占。

《十四行诗集》

他的脸俨然如往古岁月的留纹，

那时的美恰如今日之花自灭自生。

那时虚矫粉饰之美尚未出世，

更不敢在活人的额上兀自存身。

那时死者的金发尚能安然

长存于墓穴，尚未遭祸于快剪，

以便在第二个额头上苟延年命，

好使美艳在别人头上借发重生。

在他们身上活现出远古圣洁的光彩，

天然去雕饰，唯有朴质天真，

不借他人之绿铺陈夏色，

不掠旧美使华服如新。

　　天教他权作一幅美色活标本，

　　好使假匠人得识古代美人真身。

《十四行诗集》

我像是富翁，怀藏能交好运的钥匙，

可随时启开那紧锁深院的密室。

我不愿每时每刻造访那幽居，

只怕磨钝难得的快感的锋镝。

喜庆佳节之所以庄严、珍贵，

因为一年里难得有几次发生。

就好比是项链上的珍珠宝贝，

虽疏疏落落，却更光彩照人。

同样珍贵的是那一段时光，

我看顾它如宝库衣橱，时时留心，

猛然间展示出囚禁起来的瑰宝，

顿使那难逢的一刻格外引人销魂。

　　好个幸运的你，有如此神通无限，

　　有你时，其乐无比，无你时望眼欲穿。

《十四行诗集》

我的眼、灵魂和全身每一部分，

全都充斥着自恋的罪行，

没有药物能治愈这种邪恶，

因为它的病根深扎在我心的底层。

我自忖自己的魅力或不可限量，

论体态、论赤诚我都盖世无双。

如果需要对自己的长处做一个估计，

我自负方方面面都会技压群芳。

然而揽镜自照方见出自己的真颜，

只可怜衰鬓横纹、满面色苍苍。

而今我终于看透自家自恋病，

自我溺爱无异是罪恶缠身。

为你也为我自己我把你称赞，

好用你的青春美点缀我的衰年。

《十四行诗集》

难耐不平事，何如悄然去泉台；

休说是天才，偏生作乞丐；

人道是草包，偏把金银戴；

说什么信与义，眼见无人睬；

道什么荣与辱，全是瞎安排；

少女童贞可怜遭横暴，

堂堂正义无端受掩埋；

跛腿权势反弄残了擂台汉；

墨客骚人官府门前口难开；

蠢驴们偏挂着指迷释惑教授招牌；

多少真真话错唤作愚鲁痴呆；

善恶易位，小人反受大人拜。

不平，难耐，索不如一死化纤埃，

待去也，又怎好让爱人独守空阶？

《十四行诗集》

宝贝儿爱呵，快重振你的雄风，

别让人说你的欲念超过你行动的刀锋。

前日如愿以偿，饱餐一顿，

明日旧情复发，饿相更凶。

爱呵，你也一样，今日你那饿眼

饱食后欲开还闭，睡眼惺忪，

明日重新勃启之后，绝不能

萎靡不振，阻塞了情精爱洪。

让这凄艳的暂歇如同大海，

隔开两片陆地，有情人日日岸边逢，

一旦看到有爱浪归来滔滔滚滚，

其情其景或更令之情深意浓。

或让这间隔像冬天般郁闷，无精打采，

好使盛夏之来更令人三倍地喜爱。

《十四行诗集》

宛如不息滔滔长波拍岸，

我们的分分秒秒匆匆奔赴向前。

后浪推前浪，今天接明天，

奋发趋行，你争我赶。

那初生于光海中的生命，

渐次成熟，直达辉煌的顶端，

便有凶恶的日食与之争光斗彩，

时间于是将自己的馈赠捣个稀烂。

韶华似刀会割掉青春的面纱，

会在美人的前额上刻下沟槽，

会吞掉自然天成的奇珍异宝，

唉，天下万物没一样躲得过它的镰刀。

　　但我的诗章将逃过时间的毒手，

　　讴歌你的美德，越千年而不朽。

《十四行诗集》

尽管我们的爱天衣无缝、浑然一体，

我却得承认我们毕竟在肉体上分离。

这样一来，我身上不光彩的疤痕，

不劳你分忧，我自当独自承担。

是我们之间的挚爱把我们合二为一，

尽管在现实里我们有两个身躯。

两个身躯也改不了我们爱的专一、真纯，

但毕竟会耗费掉些许甜蜜的光阴。

我从此或不再张扬你是我的知己，

以防我可悲的过失玷污你的英名；

你也不要当众赋予我殊荣，

除非你甘冒名声受损的厄运。

可是别，别把我的话儿当真，

　　须知我的爱是这样一种爱：

　　你既属于我，我的好名声你也有份。

《十四行诗集》

凭着日晷上阴影底潜移，你也能知道时间在偷偷地走向亘古。

《十四行诗集》

爱是亘古长明的灯塔，它定睛望着风暴却兀不为动。

《十四行诗集》

时间会刺破青春的华丽精致，会把平行线刻上人的额角，会吃掉稀世之珍，天生丽质，什么都逃不过它横扫的镰刀。

《十四行诗集》

假如用一扇门把一个女人的才情关起来，它会从窗子里钻出来的；关了窗，它会从钥匙孔里钻出来的；塞住了钥匙孔，它会跟着一道烟从烟囱里飞出来的。

《莎士比亚全集》

女人是显示、包藏及滋养整个世界的书籍、艺术及学院。

《莎士比亚全集》

一生抱独身主义的女人，等于自己杀害了自己，死后应该让她
葬身路旁，不让她的尸体进入圣地，因为她是背叛自然的人。

《莎士比亚全集》

我们总愿美的物种繁衍昌盛，

好让美的玫瑰永远也不凋零。

纵然时序难逆，物壮必老，

自有年轻的子孙来一脉相承。

而你，却只与自己的明眸订婚，

焚身为火，好烧出眼中的光明。

你与自我为敌，作践甜蜜的自身，

有如在丰饶之地偏造成满目饥民。

你是当今世界鲜美的装饰，

你是锦绣春光里报春的先行。

你用自己的花苞埋葬了自己的花精，

如慷慨的吝啬者用吝啬将血本赔尽。

　　可怜这个世界吧，否则你就无异贪夫，

不留遗嗣在人间，只落得萧条葬孤坟。

《十四行诗集》

曾见过时间的毒手跋扈飞扬，

抹掉前代留下的豪华与荣光；

曾见过高楼俄顷成平地，

浩劫尘封了铁壁铜墙。

曾见过饥海层翻滚滚浪，

吞蚀了周遭沃土岸边王；

转眼陆地又反攻侵大海，

唉，这念头令我死一般迷茫，

得失盈亏无常事，几度沧桑。

睁泪眼强抓住唯恐失掉的情郎，

看透了天道循环无止歇，

今日伟大风光，难免他日凄凉。

　　天灾人祸，忍教我细细思量，

　　时辰若到，我的爱终究水涸苍江。

《十四行诗集》

葛罗斯特　现在我们严冬般的宿怨已给这颗约克的红日照耀成为融融的夏景；那笼罩着我们王室的片片愁云全都埋进了海洋深处。现在我们的额前已经戴上胜利的花圈；我们已把战场上折损的枪矛

136

高挂起来留作纪念；当初的尖厉的角鸣已变为欢庆之音；杀气腾腾的进军步伐一转而为轻歌妙舞。那面目狰狞的战神也不再横眉怒目；如今他不想再跨上征马去威吓敌人们战栗的心魄，却只顾在贵妇们的内室里伴随着春情逸荡的琵琶声轻盈地舞蹈。可是我呢，天生我一副畸形陋相，不适于调情弄爱，也无从对着含情的明镜去讨取宠幸；我比不上爱神的风采，怎能凭空在婀娜的仙姑面前昂首阔步；我既被卸除了一切匀称的身段模样，欺人的造物者又骗去了我的仪容，使得我残缺不全，不等我生长成形，便把我抛进这喘息的人间，加上我如此跛踬，满叫人看不入眼，甚至路旁的狗儿见我停下，也要狂吠几声；说实话，我在这软绵绵的歌舞升平的年代，却找不到半点赏心乐事以消磨岁月，无非背着阳光窥看自己的阴影，口中念念有词，埋怨我这废体残形。因此，我既无法由我的春心奔放，趁着韶光洋溢卖弄风情，就只好打定主意以歹徒自许，专事仇视眼前的闲情逸致了。

《理查三世》

把我的所爱者夺走吧，全都夺走，

且看你是否比从前多添了朋俦？

爱呵，你找不到别的什么爱可称为真爱，

我所爱者原是你的，即便此前你未曾到手。

那么，假如你为爱我而夺走我的爱，

我岂能责怪你为爱我而将我的爱消受。

但假如你自己骗自己，铁了心品味

你不愿接受的活儿，我就真想骂你个够。

姑且原谅你的窃行，你这来头不小的小偷，

尽管你把我的全部家当统统掳走。

然而爱是明白的：忍受爱的屈从俯就

要比忍受恨的公开伤害更令人忧愁。

　　可人的风流啊，连你的恶行都成了美德，

　　咬杀我吧，但我们绝不成为冤家对头。

《十四行诗集》

假如我这笨重的肉体如轻灵的思想，

那么山重水复也挡不住我振翅高翔，

我将视天涯海角如咫尺之隔，

不远鸿途万里，孤飞到你身旁。

此刻我的双足所立的处所

虽与你远隔千山又有何防，

只要一想到你栖身的地方，

这电疾般的思想便会穿洲过洋。

然而可叹我并非是空灵的思绪

能腾跃追随你的行踪跨岭飞江，

我只是泥土和水铸成的凡胎肉体，

唯有用浩叹侍奉蹉跎的时光。

唉，无论土和水于我都毫无补益，

它们只标志着哀愁令我泪飞如雨。

《十四行诗集》

启程之日我是多么谨慎小心，

把一切日用物件全上锁封存，

坚壁固房务使窃贼望而缩手。

他日取用之时当使尘封如旧。

然而你令我的珠宝无光，

昨日使我至乐，今宵叫我断肠。

你是我的肺和肝，我唯一的心头肉，

而今却无遮无拦任鼠窃狗偷。

我锁遍了你不在的任何地方，

偏没把你锁进金箱银箱，

我感到你总流连于我温柔的胸口，

这地方你原可以来去自由。

怕的是，隐秘如此你仍会被偷被抢，

对这样的宝物，纵海誓山盟也废纸一张。

《十四行诗集》

你就是音乐却为何听着音乐伤情？

美妙和美妙不为敌，乐与乐总同根。

为什么你爱本不愿接受的事物，

或为什么甘愿与忧闷共处一尊？

假如诸声相配共调出谐曲真情

确实曾经干扰过你的倾听，

这只是甜蜜的责备，你不该孤音自赏，

损害了你应该奏出的和声。

瞧，这根弦与另一根弦，本是夫妻对，

一根振响，一根相应，弦弦共鸣，

这犹如父亲、儿子和快乐之母，

同声合唱出悦耳的佳音。

他们无词的歌，虽有各种，听来却相同。

唱的总是你："若独身绝种，便万事皆空。"

《十四行诗集》

当我细数报时的钟声敲响，

眼看可怖夜色吞噬白昼光芒；

当我看到紫罗兰香消玉殒，

黝黑的鬈发渐渐披上银霜；

当我看见木叶脱尽的高树，

曾帐篷般为牧羊人带来阴凉，

一度青翠的夏苗现在被捆打成束，

载上灵车，连同白色坚脆的麦芒，

于是我不禁为你的美色担忧，

你也会迟早没入时间的荒凉，

既然甘美的事物总是会自暴自弃，

眼看后来者居上自己却快速地消亡，

　　所以没有什么能挡住时间的镰刀，

　　除非你谢世之后留下了儿郎。

《十四行诗集》

正如为了有更好的胃口，

我们常用酸辣味刺激舌头——

我们服泻药用假病来把真病赶走。

同样吃够了你那永不腻味的甘甜，

我转而去把苦味的食物消受。

健康久了，就觉得生生病也好，

虽说本来就不必有这种需求。

爱的本意是要防止未发的疾病，

却不料这种做法使疾病弄假成真：

好端端的身子却偏要受罪于药石，

原本是善的东西却要让恶来医治。

　　不过，我倒因此获得了真正的开悟，

　　谁要是厌倦了你，药石也变成剧毒。

《十四行诗集》

141

衰老和青春不可能同时并存：

青春充满欢乐，衰老充满悲哀；

青春像夏日清晨，衰老像冬令；

青春生气勃勃，衰老无精打采。

青春欢乐无限，衰老来日无多；

青春矫健，衰老迟钝；

青春冒失、鲁莽，衰老胆怯、柔懦；

青春血热，衰老心冷。

衰老，我厌恶你；青春，我爱慕你。

《爱情的礼赞》

阿米恩斯

不惧冬风凛冽，

风威远难遽及

人世之寡情；

其为气也虽厉，

其牙尚非甚锐，

风休本无形。

噫嘻乎！且向冬青歌一曲：

友交皆虚妄，恩爱痴人逐。

噫嘻乎冬青！

可乐唯此生。

《皆大欢喜》

波洛涅斯　对人要和气，可是不要过分狎昵。相知有素的朋友，应该用钢圈箍在你的灵魂上，可是不要对每一个泛泛的新知滥施你的交情。

《哈姆雷特》

勃金汉　一切都是上天所安排，但是各位听我讲话的人，请你们相信一个垂死之人所说的实话吧：当你们慷慨地表示友爱或道出肺腑忠言之时，千万要有所克制，因为那些被你们当成朋友看待的人，你们把心交给了他们的那些人，只要看到你们稍微有一点点失势，立刻就像一股水似的从你们那里流走，无影无踪，即便再见着，也是在想把你们淹死。

《亨利八世》

曾写过说我爱你到极点的诗行，

我今儿却要宣布这些全都是谎。

可我那时的确说不出个道理，

为什么日后我的情火会烧得更旺。

假如我当时想到有千百万次

时光会推翻盟誓，改变圣旨，

使绝色美人变黑，挫败大略雄图，

壮志凌云终难改无常的时序——

唉，慑于时间的暴戾专横，

我那时干吗不说"我现在最最爱你"，

既然我那时已觉胜券在握，

虽知来日不可追，毕竟可使今朝喜？

  爱是幼婴；那时我的话不可能这样，

  为的是那成长中的婴儿全面地成长。

《十四行诗集》

异地而处后，我的眼睛进入心庭，

从前是它指挥着我四处前行，

如今它形同半聋，不守职分，

虽睁大了眼皮，却什么也看不清。

花鸟或种种姿态明明在眼前飘过，

眼睛却留不住形状以便传达给内心。

心儿无缘拥有那些过眼的物景，

眼儿无法把映入眼帘的东西留存，

无论见到的事物多么粗俗、多么雅致，

无论他们是多么地美妙、多么地畸形，

也无论他们是山、是海、是白天或黑夜，

是乌鸦或白鸽，眼睛总将其化作你的倩影。

  满心里装着你，再容纳不下其他事物，

144

我这真诚的心儿就这样使我变得盲目。

《十四行诗集》

虽说爱神太幼小，不懂得什么叫良心，

可是谁不知良心原是爱心所生？

那么温柔的骗子你可别揪住我的错处，

谨防它成为你也曾犯罪的铁证。

因为你骗了我，我也与粗鄙肉体联手

骗我那更高贵的部分——我的灵魂。

我的灵魂告诉肉体它可以情场获胜，

而那一块肉却急迫地等不及声明，

一听到你的名字便昂首指向你，

你是它的战利品；瞧它踌躇满志之情，

它多么乐于做你可怜的奴隶，

挺立于你的事务，并瘫倒于你身。

　　天地良心，我当无愧地叫它作爱，

　　为了她那宝贝，我总是上下升沉。

《十四行诗集》

情欲犹如炭火，必须使它冷却，否则那烈火会把心儿烧焦。

《维纳斯与阿都尼》

当无法阻碍的情欲大举进攻的时候，用不着喊什么羞耻了，因为霜雪都会自动燃烧，理智都会做情欲的奴隶。

《莎士比亚全集》

在一切神圣的仪式没有充分给你许可之前，你不能侵犯她（或献出你）处女的尊严；否则你们的结合将不能得到上天美满的祝福，冷淡的憎恨。

白眼的轻蔑和不睦将使你们的姻缘中长满令人嫌恶的恶草。

《莎士比亚全集》

吻是爱情的契约之印。

《莎士比亚全集》

在你的脸颊，我留下这热吻，如爱情契约之印。

《莎士比亚全集》

接吻是恋爱生活中的一首诗。

《莎士比亚全集》

爱是一种甜蜜的痛苦。真诚的爱情永不是走一条平坦的道路的。

《莎士比亚全集》

真正的爱情，所走的道路永远是崎岖多阻。

《莎士比亚全集》

我但高举华盖，想用外表来张扬

堂皇的门面，或是为所谓百世流芳

奠下伟大的根基，这一切有什么用？

到头来无非是更久的毁灭与荒凉。

难道我不曾目睹那些租借表面排场的人

赔尽了血本仍敌不住租金的高昂？

厌倦了单调之味偏求杂拌浓汤，

穷困的富翁荡产倾家只图个表面辉煌。

不，让我的忠诚在你的心中长保不衰，

收下吧，我这里把绵薄但纯情的贡品奉上。

它只是我们之间推心置腹的赠礼，

毫不含次品杂质，可谓朴率无双。

　　哦，你们这些诬告诽谤者，滚开吧，

　　真心似金，岂是你流言之火所能伤！

《十四行诗集》

不！时光，休夸口说我也在随你更新，

你纵有力量把金字塔重新建成，

对我而言，它们不新鲜、不稀奇，

顶多只不过是旧景换上了新衣。

世人一生的时间太短，所以你即使

给的是陈词滥调，他们仍会艳羡不已，

认为那都是他们情之所钟的东西，

却不愿意相信它们只是旧话重提。

不论对你还是对我的记录我一概排斥，

既不对现在表惊讶也不对过去表惊奇。

因你的记录和我的观察都不足为信，

都多少是你行色匆匆的余痕。

　　我现在立下重誓并且永无反悔，

　　管你的镰刀多锋利我将万古忠贞。

《十四行诗集》

损神，耗精，愧煞了浪子风流，

都只为纵欲眠花卧柳，

阴谋，好杀，赌假咒，坏事做到头；

心毒手狠，野蛮粗暴，背信弃义不知羞。

才尝得云雨乐，转眼意趣休。

舍命追求，一到手，没来由，

便厌腻个透。呀，恰像是钓钩，

但吞香饵，管叫你六神无主不自由。

求时疯狂，得时也疯狂，

曾有，现有，还想有，要玩总玩不够。

适才是甜头，转瞬成苦头。

求欢同枕前，梦破云雨后。

唉，普天下谁不知这般儿歹症候，

却避不了偏往这通阴曹的天堂路儿上走！

《十四行诗集》

冰清玉洁反蒙不辩的沉冤，

倒不如去作恶又不受恶名牵缠；

所谓合法爱的快乐早已经消失，

它徒投俗好，无视我们自身的情感。

为什么别人的挑逗卖俏的目光

欲把我动荡不安的天性点燃？

为什么更脆弱的人要窥视我的弱点，

我以为善者他们却恣意称为卑贱？

不，我就是我，任他们对我恶言相加，

不过是暴露他们自己的丑恶嘴脸。

他们可以弯腰驼背，我们却要挺直腰杆，

他们龌龊的思想岂可把我们的行为评判！

　　除非他们坚信这样一种异端：

　　全人类都是坏蛋，作恶是他们的本钱。

《十四行诗集》

无论我自己的忧虑，或那梦想着

未来的这茫茫世界的先知灵魂，

都不能限制我的真爱的租约，

纵使它已注定作命运的抵偿品。

人间的月亮已度过被蚀的灾难，

不祥的占卜把自己的预言嘲讽，

动荡和疑虑既已获得了保险，

和平在宣告橄榄枝永久葱茏。

于是在这时代甘露的遍洒下，

我的爱面貌一新，而死神降伏，

既然我将活在这拙作里，任凭他

把那些愚钝的无言的种族凌辱。

《十四行诗集》

我绝不承认两颗真心的结合

会有任何障碍；爱算不得真爱，

若是一看见人家改变便转舵，

或者一看见人家转弯便离开。

哦，决不！爱是亘古长明的塔灯，

它定睛望着风暴却兀不为动；

爱又是指引迷舟的一颗恒星，

你可量它多高，它所值却无穷。

爱不受时光的拨弄，尽管红颜

和皓齿难免遭受时光的毒手；

爱并不因瞬息的改变而改变，

它巍然矗立直到末日的尽头。

《十四行诗集》

爱情的春光，好似四月天不定的荣华，时而表现阳光下一切的

美丽，时而黑云带走了一切。

《维洛纳的二绅士》

男人不发誓还好，指天一发誓，女人就背叛他。

《十四行诗集》

我诅咒那一颗使我的心受伤的心，

它曾留给我和我的朋友深深的伤痕。

你本可以让我独自一人喝下苦酒，

又何必让我的朋友同在你帐下充军？

你那冷酷的双眼已摄走我的魂儿，

现在又霸占我的朋友，我第二个替身。

我已经不再属于他、你和我自己，

于是对于我三重的痛苦就这样降临。

锁我的心在你铁石般的胸腔里吧，

好让我可怜的心保释我朋友的心。

凡拘押我者我的心就是他的侍卫，

所以你纵教我入狱也无法对我专横。

　　然而你毕竟要专横，因为我置身于你；

　　我反正是你的，我一切都是你的收成。

《十四行诗集》

你是这飞逝年华中的快乐与期盼，

一旦离开了你，日子便宛若冬寒。

瑟缩的冰冷攫住了我，天色多么阴暗！

四望一片萧疏，满目是岁末的凋残。

可是这离别的日子分明是在夏日，

或孕育着富饶充实的秋天，

浪荡春情已经结下莹莹硕果，

好像良人的遗孀，胎动小腹圆。

然而这丰盈的果实在我眼中，

只是亡人的孤儿，无父的遗产。

夏天和夏天之乐都听你支配，

你一旦离去，连小鸟也缄口不言。

　　它们即便启动歌喉，只吐出声声哀怨，

　　使绿叶疑隆冬之将至，愁色罩苍颜。

《十四行诗集》

缪斯，你在何方？为什么许久以来

你沉默，竟把你力量的源泉忘怀。

你徒费狂放的诗情于陈词滥调，

让你的诗威屈尊于卑贱的题材。

归来吧，健忘的诗神，年华已虚度，

何妨奏壮歌一曲方不负诗才。

将你的歌唱传向知音者的耳朵，

是他们赋予你的健笔主题和文采。

起来，慵困的诗神，快端详我爱的面庞，

看是否长沟横渠在上面铺排。

如果有，就写下讽刺衰朽的诗句，

好让时光的劫掠品处处无人睬。

　　快，趁我残生未了，使我爱名远扬，

　　我就再也不怕无常横剑刈老除衰。

《十四行诗集》

那我还得像被骗的丈夫继续生存，

假定你是忠实的，觉脉脉温情

虽今非昔比，似仍在你脸上留停，

只怕你目光看着我，心却在比邻。

既然你的眼睛不可能窝藏仇恨，

我又如何能猜透你已经变心？

有许多人脸上藏不住内心的变化，

皱眉、蹙额，每一神态都会流露隐情。

但上天在造你的时候却决定

教甜爱永远在你脸上飘零。

无论你心中如何翻江倒海，

你总是甜蜜的表情、神色若定。

假如你的德行和外表不那么相称，

你的美就和夏娃的苹果甲乙难分。

《十四行诗集》

有的人残暴因为有美色作资本，

平庸如你，却竟和她们一样专横；

只因为你知道我已爱迷了心窍，

总把你视作世上的至美奇珍。

可实话实说，凡见过你的都讲，

你的脸还难以使人一往情深。

尽管我私下里绝不信他们的胡说，

可在公开场合却不敢推翻他们的讥评。

我发誓我的话毫无半点欺心，

一想到你的娇容，万千叹息

便不绝如缕涌出我口为我作证：

我看你的黑比天下绝色也不稍逊。

你其实一点不黑，黑的是你的骄横，

我想是因为后者，诽谤才应运而生。

《十四行诗集》

拉山德　唉！我在书上读到的，在传说或历史中听到的，真正的爱情，所走的道路永远是崎岖多阻；不是因为血统的差异——

赫米娅　不幸啊，尊贵的要向微贱者屈节臣服！

拉山德　便是因为年龄上的悬殊——

赫米娅　可憎啊，年老的要和年轻人发生关系！

拉山德　或者因为信从了亲友们的选择——

赫米娅　倒霉啊，选择爱人要依赖他人的眼光！

拉山德　或者，即使彼此两情悦服，但战争、死亡或疾病却侵害着它，使它像一个声音、一片影子、一段梦、黑夜中的一道闪电那样短促，在一刹那间展现了天堂和地狱，但还来不及说一声"瞧啊！"黑暗早已张开口把它吞噬了。光明的事物，总是那样很快地变成了混沌。

《仲夏夜之梦》

忒修斯　美丽的赫米娅，仔细问一问你自己的心愿吧！考虑一下你的青春，好好地估量一下你血脉中的搏动；倘然不肯服从你父亲的选择，想想看能不能披上尼姑的道服，终生幽闭在阴沉的庵院中，向着凄凉寂寞的明月唱着暗淡的圣歌，做一个孤寂的修道女了此一生？她们能这样抑制热情，到老保持处女的贞洁，自然应当格外受到上天的眷宠；但是结婚的女子有如被采下炼制过的玫瑰，香气留存不散，比之孤独地自开自谢，奄然朽腐的花儿，在尘俗的眼光看来，总是要幸福得多了。

《仲夏夜之梦》

有一天我的美人会沉沦如我，

被时间的毒手捣碎、研磨，

岁月会吸干其血液并在他额上

罩上一层皱纹，他的青春的朝阳，

将掠过中天峭壁似暮年之夜，

他所曾占有的一切风流美色，

当不翼而飞，化为乌有，

他那春情勃发的活力去也悠悠——

为抵抗这样的时候，我把战壕深筑，

誓挡住残年流月的霜刀利斧，

它们纵能夺去我爱人的生命，

却无法不让其风韵百代如初。

他的美将长留于这些墨染的诗行，

行行诗不老，诗里人自万古流芳。

《十四行诗集》

如同生命需要食粮，你哺育着我的思想，

好比春天的酥雨为大地注满琼浆。

我珍爱你给我的安宁，心中又苦痛惊惶，

好比怀揣金玉的守财奴时时怕偷一样。

他一会儿财大而气粗，志得而意满，

一会儿又怕这惯盗时代偷走他的宝藏。

才觉得人间至乐是与你单亲独处，

忽而又希望世人均知我得志情场。

有时饱眼餐秀色饱得如享盛宴，

有时饿眼看情人饿得心里发慌。

天下有诸多快乐我不占也不求，

只独守已得之乐，只盼望你的奖赏。

　　我就这样每日饥饱、欠缺又丰隆，

　　要么饕餮大嚼，要么两腹空空。

《十四行诗集》

你让羞耻变得多么可爱清甜，

让它像虫儿深埋在玫瑰芯儿中间，

使含苞欲放般的美名蒙上了污点，

呵，你简直让罪行戴上了柔美的花环！

那条专揭你个人隐私的不烂之舌

想对你的行为造出些猥亵的流言，

也不得不用赞美之词来掩盖其责难，

邪恶的话儿甜因有你的美名作装点。

啊，恶行所寄寓的地方是一栋大厦，

这样一座庇护之所真是称它们心愿，

在其中美的面纱遮住了每一个污点，

一切可见的事物都显得美丽非凡。

　　小心呵，心肝，小心使用你这大特权，

　　再硬再利的刀子，使滥了刃也会翻卷。

《十四行诗集》

……你希望别人分担你的相思的痛苦，你这种恋爱太自私了。

《莎士比亚全集》

恋爱的使者应当是思想，因为它比驱散山坡上的阴影的太阳光还要快十倍。

《罗密欧与朱丽叶》

男人要是始终如一，他就是个完人……

《莎士比亚全集》

爱和炭相同，烧起来得想办法叫她冷却，不然会把一颗心烧焦。

《莎士比亚全集》

爱情啊，把你的狂喜节制一下，不要让你的欢乐溢出界外，让你的情绪越过分寸。

《莎士比亚全集》

不要放纵你的爱情，不要让欲望的利箭把你射中。

《莎士比亚全集》

"淫"的结果，却像艳阳天变得雨骤风狂……

《莎士比亚全集》

唉，为什么他会栖身浊世，

其丰采令朽腐亦假作神奇，

靠他的荫庇罪恶亦讨得便宜，

和他套近乎美称为近朱者赤。

为什么骗人的画师取像于他的真容，

从他那丰神俊采里只偷去僵死的形式？

既然他的玫瑰才是真玫瑰，为什么

可怜的美却绕道追寻玫瑰的影子？

造化天趣已丧，再无活血在血管中奔流，

为什么他还要苟安于世？

因为她只能从他获得美泉如注，

虽曾有风情万种，现在都唯他可依。

她珍藏了他的以证明许久许久以前，

她并非如此匮乏，而是富丽无比。

《十四行诗集》

既然大地沧海巨石坚金

均难与无常永世并存，

那么，娇若柔花的美

又如何能与死的严威抗衡？

夏日的嫩蕊香风如何能挡住

来日霜刀雪剑的摧凌？

纵然是壁立巉岩钢门如铸，

终必在时间的磨砺下消殒。

啊，令人胆寒的思想！我只能哀叹，

时间的珍珠难免埋进时间的荒坟。

问，可有巨手能挡住这过客般的光阴？

可有猛士能止住他掠夺美物的暴行？

没有，没有，要使我的爱辉耀千载，

唯一的高招是借我的墨迹显圣通灵。

《十四行诗集》

死冤家，你怎能说我对你没真情？

要知道我的自我作践只是要讨你的欢心，

呵，你这天杀的，我为你得了相思病，

全忘了自己也是一个人。

难到我曾认敌为友和你作对？

难到我曾曲意奉承你的眼中钉？

你只要对我略表厌恶，我立刻领情，

愁眉苦脸地把我自己憎恨。

你流转的秋波使我欲效犬马之忠，

你的缺陷也叫我的美德崇拜销魂。

我身上岂能还有至美大善，

可使我睥睨万物而不对你拱手称臣？

　　啊，爱啊，你恨吧，我现在已看透你的心，

　　你只爱能看清真相者，而我却是盲人。

《十四行诗集》

莎士比亚

王公大族的云石丰碑或镀金牌坊

终将朽败，唯我强劲的诗章万寿无疆。

我的诗行，将使你大放光彩，

远胜过尘封的石头、暗淡的时光。

毁灭性的战争将推翻石像，

暴乱亦将会扫荡尽铁壁铜墙。

然而你如果长留在这活记录里，

任利剑兵火毁不掉你的遗芳。

161

你高视阔步面对死亡和弥天之恨，

纵然千秋万代之后，世人的双眼

都还会读到我这记录对你的颂扬，

哪怕那时候人类的末日已来到世上。

所以，直到最后审判你站起来之际，

你将住在恋人眼里，活于我不朽的诗行。

《十四行诗集》

培尼狄克 我真不懂一个人明明知道沉迷在恋爱里是一件多么愚蠢的事，可是在讥笑他人的浅薄无聊以后，偏偏会自己打自己的耳光，照样跟人家闹起恋爱来；克劳狄奥就是这种人。从前我认识他的时候，战鼓和军笛是他的唯一的音乐；现在他却宁愿听小鼓和洞箫了。从前他会跑十里路去看一身好甲胄；现在他却会接连十个晚上不睡觉，为了设计一身新的紧身衣的式样。从前他说起话来，总是直接爽快，像个老老实实的军人；现在他却变成了个老学究，满嘴都是些稀奇古怪的话儿。我会不会眼看自己也变得像他一样呢？我不知道；我想不至于。我不敢说爱情不会叫我变成一个牡蛎；可是我可以发誓，在它没有把我变成牡蛎以前，它一定不能叫我变成这样一个傻瓜。好看的女人，我都碰见过，可是我还是个原来的我；除非在一个女人身上能够集合一切女人的优点，否则没有一个女人会中我的意的。

《无事生非》

它（爱）叫懦夫变得大胆，却叫勇士变成懦夫。

《维纳斯与阿都尼》

爱情可以刺激懦夫，使他鼓起本来所没有的勇气。

《莎士比亚全集》

爱情！你深入一切事物的中心；你会把不存在的事实变成可能，而和梦境互相沟通。

《莎士比亚全集》

我承认天底下再没有比爱情的责罚更痛苦的，也没有比服侍它更快乐的事了。

《人生箴言录》

你曾残忍地伤害过我的寸心，

那么别指望我谅解你的暴行，

请用舌头伤我，可别用你的眼睛，

剐杀随你，要公开，别使小聪明。

呵，心肝，你不妨直说你芳心已改，

万不要当我面与别人眉目传情。

要伤我你毋须巧取，我势单力薄，

怎挡得住你心藏百万雄兵？

让我来为你辩护吧，唉我的爱知晓

她那流盼的目光是我的敌人，

于是她别转脸蛋将敌阵他引，

好使别处遭受兵灾的摧凌。

　　可是别，别这样，反正我已行将就木，

　　你就用目光杀我吧，帮我把苦痛除根。

《十四行诗集》

我的爱是热病，它永远在渴望

能使其热状态总呈高潮的药方，

它总在吞吃那增热延病之物，

使它那翻云覆雨的肉欲如愿以偿。

我的理智（根治我热恋病的医生）

勃然大怒，因我将其处方搁置一旁。

理智离开了我，我这才痛苦地明白：

讳疾忌医的欲望本身就是死亡。

理智扔下了我，我只能病入膏肓，

终日里烦躁不安、几近疯狂，

言谈思绪全与癫子无异，

连篇信口雌黄，杂乱无章。

　　可怜我曾坚信你美色光彩灿烂，

　　到头来你暗若夜晚、黑如阴间。

《十四行诗集》

　　再看那些世间所谓美貌吧，那是完全靠着脂粉装点出来的，愈是轻浮的女人，所涂的脂粉也愈重；至于那些随风飘扬像蛇一样的金丝卷发，看上去果真漂亮，不知道却是从坟墓中死人的骷髅上借来的。所以装饰不过是一道把船只诱进凶涛险浪的怒海中去的陷入的海岸，又像是遮掩着一个黑丑蛮女的一道美丽的面幕。总而言之，它是狡诈的世人用来欺诱智士的似是而非的真理。

《莎士比亚全集》

　　美貌比金银更容易引起盗心。

《莎士比亚全集》

　　别把我的爱唤作偶像崇拜，也别把我爱人看成是一座偶像，尽管我所有的歌和赞美都用来献给一个人，讲一件事情，我不改。

《世界爱情诗选》

　　无言的珠宝比之流利的言辞，往往更能打动女人的心。

《莎士比亚全集》

　　一个轻佻的妻子造成一个心情沉重的丈夫。

《莎士比亚全集》

165

恨我、骂我吧，对你的大德恩威

我本应追思图报，却至今碌碌无为。

每天每夜我对你的至爱不曾稍减，

可我总是忘记赞颂你的深情和妩媚。

我虚掷了你那千金难求的真情，

却不惜屈尊求谊于无名之辈。

我张帆举棹，任八面来风

吹送我离你远渡海角边陲。

现在请记下我的任性和错误，

好有足够的铁证将我合围。

你大可以对我皱眉瞪眼，

万不可盛怒之下叫我尸骨横飞：

　　因为我的状纸写得分明，无非要证实：

　　你的爱真，真到今生无悔，百折不回。

《十四行诗集》

爱啊，瞎眼的蠢货，你干了什么

使我看不见东西尽管我双眼大睁着？

我的眼明知道美是什么，住在何处，

却偏偏把极善错当作了极恶。

如果眼睛受过度的偏见迷惑，

在所有男人爱停靠的港湾里停泊，

你又为何锻造出虚伪眼睛的锚钩，

紧紧钩住我心灵判断的寓所？

为何我的心仍把那港湾看作私有地产，

既明知人人可在那里抛锚使舵？

为何我的眼明明看见了这一切

却漠然而让丑脸围上真美的绫罗？

　　我的心和跟真假是非上犯了错，

　　所以现在只好受虚情假意的折磨。

《十四行诗集》

把精力消耗在耻辱的沙漠里，说是色欲在行动；而在行动前，色欲赌假咒、嗜血、奸杂、满身是罪恶、凶残、粗野、不可靠、走极端；欢乐尚未来，马上就感觉无味；毫不讲理地追求，可是一到手，又毫不讲理厌恶，像是专为引上钓者发狂而设下的钓钩；在追求时疯狂，占有时也疯狂；不管已有、现有、未有、全不放松；感受时，幸福；感受完，无上灾殃；事前，巴望着欢乐；事后，一场梦。这一切人共知，但谁也不知怎样逃避这个引人下狱的天堂。

《莎士比亚全集》

充实的思想不在于言语的富丽，只有乞儿才能够计数他的家私。真诚的爱情充溢在我的心里，我无法估计自己享有的财富。

《罗密欧与朱丽叶》

在爱情统治的王国，以拨弄是非为能事的嫉妒自愿充当着卫士，它是一个告密者、一个不详的奸细，是引起纠纷、诽谤和烦恼的祸根，它时而是谎言的传播者，时而又是真情的报信人……

《维纳斯与阿都尼》

理智可以制定法律来约束感情，可是热情激动起来，就会把冷酷的法令蔑弃不顾；年轻人是一头不受拘束的野兔，会跳过老年人所设立的理智的藩篱。

《莎士比亚全集》

如果是爱情使我赌咒发誓，我又何能誓绝爱情？啊，一切誓言都是空话，只除了对美人的誓词；虽然我仿佛无言，而我对你却永远是一片真心。

《莎士比亚全集》

丢下火炬的爱神沉沉入梦乡，

给月神的使女把良机送上，

她赶紧将逗情激爱之火拾起，

浸入附近的山泉，那泉水冰凉。

既借得这神圣的爱情之火，

这股热量便不舍昼夜燃烧激荡，

它使流泉如沸水澎湃，有人证明

这温泉是包治百病的绝妙药方。

现在爱神又借我情人之眼点燃情火，

为试功效，他用火炬触我的胸膛，

我于是病了，便向温泉求救，

我赶到那儿，满心里狂躁又凄凉。

　　可温泉失效；因为它本来自我情人的双眼，

　　就连爱神的火炬，也不得不由它复燃。

　　　　　　　　　　　　　　《十四行诗集》

呵，但愿你为了我而责难命运女神，

她是造致我行为不端的总根。

她不曾眷顾改善我的生活，

让我随俗谋生，举止不异草野之民。

于是我的名字不免蒙羞，

我的天性的棱角也快磨平，

如染匠之手遇外色屈从于环境，

呵，可怜我吧，祝愿我获得新生，

我当如染病者甘心吞服下

一剂剂醋药以治病防瘟。

良药再苦我也不觉得苦，

怕什么双重惩罚，但求改过自新。

　　呵，可怜我吧，挚友亲朋，请千万相信，

你的怜悯将使我从此不病魔缠身。

《十四行诗集》

恋爱的人去赴他情人的约会,像一个放学归来的儿童;可是当她和情人分别的时候,却像上学去一般满脸懊丧。

《罗密欧与朱丽叶》

并不是要压住你的爱情的烈焰,可是这把火不能够让它燃烧得过于炽盛,那是会把理智的藩篱完全烧去的。

《莎士比亚全集》

仓促的婚姻很少美满的。

《莎士比亚全集》

婚姻是青春的结束,人生的开始。

《莎士比亚全集》

爱情里面如果掺杂了和它不相关的顾虑,那就不是真正的爱情。

《莎士比亚全集》

爱不受阳光的拨弄,尽管红颜和皓齿难免遭受时光的毒手;爱并不因瞬息的改变而改变,它巍然矗立直到末日的尽头。

《十四行诗集》

　　假如你记不得你为了爱情而做出来的一件最琐细的傻事，你就不算真的恋爱过；假如你不曾像我现在这样坐着絮絮讲你的姑娘的好处，使听的人不耐烦，你就不算真的恋爱过；假如你不曾突然离开你的同伴，像我的热情现在驱使着我一样，你也不算真的恋爱过。

　　　　　　　　　　　　　　　　　　《莎士比亚全集》

　　从前，黑色绝不能与美并摆，

　　即使黑真正美也不能挂美的招牌。

　　而今黑色成了美的合法继承者，

　　美受指责，由于它化育了杂种胎。

　　既然人人都暗借自然的威风，

　　用艺术的假面来为丑色美容，

　　自然美失掉名分，不再受人供奉，

　　即使不蒙羞，也会面对世人的不恭。

　　所以我的情人具有乌黑的双眉，

　　乌黑的眼睛，仿佛是黑衣追悼人

　　伤怀那些丑陋者，他们虚挂美名

　　欺世盗誉，令造化真容受损。

　　　　然而他们浑然一体的哀容与哀心

　　　　却又众口一词：唯真美才如此相称。

《十四行诗集》

"爱情令人安慰，如风雨后的丽日，

情欲的作用却如晴天里的风暴；

爱情的款款流泉永远鲜活清冽，

情欲的夏季才一半，严冬便来到。

　　爱情不会腻烦，情欲死于过饱，

　　爱情一片真心，情欲满是捏造。"

《维纳斯与阿多尼斯》

于是她捶着胸膛，发出声声哀哭，

哭得邻近的丘壑也似乎为她伤心，

都跟着她的号啕之声逐字地重复，

用深沉的激情一再回答着激情。

　　"啊，天！"她二十次大叫，"苦！苦！"

　　二十个回音也如此二十次地复述。

《维纳斯与阿多尼斯》

她听到了回音又开始悲啼，

信口唱出一首凄清的谣曲：

爱情如何颠倒了青年，也使老年昏聩，

爱情何以是笨拙的聪明，愚蠢的智慧。

她那沉重的圣歌总以凄清结束，

回音发出的合唱也都同样重复。

《维纳斯与阿多尼斯》

她的歌儿唱不尽，唱穿了漫漫长夜，

因为情人时光悠长，尽管似乎短促，

若是她们高兴，便认为别人也乐意

作有板有眼的咏叹和诸如此类的倾诉。

他们的故事词汇丰富，又老爱重复。

要没人肯听才结束，又难以结束。

《维纳斯与阿多尼斯》

用你那美丽的唇儿碰碰我的双唇，

我的唇虽不如你，却也娇红可爱。

虽然是你在吻我，我也在把你亲吻——

你在地上见了什么？快抬起头来。

我眼里有你的美姿，你看看我的眼仁；

既然眼中有了眼，为何唇上不能有唇？

《维纳斯与阿多尼斯》

是害羞才不敢吻么？你就再闭上眼，

我也就闭上眼，这白昼便成了黑夜。

在两人的世界里，爱情可恣意寻欢，

完全没有人看见，你就放肆地亲热；

　　我们身下这紫罗兰有蓝色的细纹，

　　它不懂儿女私情，不会乱嚼舌根。

《维纳斯与阿多尼斯》

你诱人的唇上那细细的茸毛

表明你尚未成熟，却已深可品味。

快抓住时间吧，别让机会溜掉，

别让美绝了后，那可真是浪费。

　　好花若不在最娇艳时采撷，

　　转眼便零落成泥，萎黄凋谢。

《维纳斯与阿多尼斯》

"你难道没注意我的脸？它难道不苍白？

你难道没看到我的眼，它岂非藏着恐惧？

我难道不曾晕厥，立即瘫倒下来？

你此刻躺在我胸脯上，可是在这里

　　我产生预感的心在喘息，难以平抑，

　　像火山般震撼着躺在我胸上的你。"

《维纳斯与阿多尼斯》

"因为在爱情的领域，'过虑'令人不安，

它总把自己称作是真情挚爱的哨兵；

总发出不实的警报，暗示着危险；

在风平浪静的时刻，也大叫'救命'！

　　它破坏了情火炎炎的爱欲，

　　有如气与水，把烈火浇灭。"

《维纳斯与阿多尼斯》

"你强调的道理我哪条不能驳斥？

通向危险的道路往往平坦逍遥，

我讨厌的不是爱情，而是你那设计，

它对每一个路人都能张开怀抱。

　　你说是为了生育，啊！多奇怪的口实，

　　情欲横流的淫媒竟然会是理智！"

《维纳斯与阿多尼斯》

"别把它叫作爱情，爱情已逃回天上。

别为了汗津津的情欲滥用他的名义，

别总打扮出一副爱情的纯洁模样，

拿鲜活的美充饥，却又把它诋毁。

　　淫乱的暴君玷污爱情，却又遗弃，

　　玩的不过是毛毛虫对嫩叶的把戏。"

《维纳斯与阿多尼斯》

嗬，他俩间是什么样的表情交战！

她的眼是请愿者，对他的眼求乞，

他的眼望着她的眼，却视而不见，

她的眼总是哀恳，他的眼总是厌弃。

　　好一出用眼泪伴舞的动人的哑剧——

　　她那婆娑的泪眼恰似婆娑的舞步。

《维纳斯与阿多尼斯》

她用手拉住他的手，极尽温柔，

一朵睡莲便在白雪的牢里囚禁，

一段象牙便在雪花石膏里嵌就，

白皙的朋友便搂住个白皙的敌人。

　　好一场多情对无情的美妙的决战，

　　如一对银色的鸽子嘴对嘴地缠绵。

《维纳斯与阿多尼斯》

她的嘴（表达思想的工具）再次发言，

"啊，你这有生之伦中的至善至美，

你若是变成了我，我变成了男子汉，

我心如你一般正常，你心如我一般憔悴。

我仍愿向你保证，只需你温存地一瞥，

哪怕是粉身碎骨，我也愿为你尽力。"

《维纳斯与阿多尼斯》

"现在我向你告别，你也说声晚安，

你若是赞成分手，我倒愿赠你一吻。"

"晚安，"她说，可不等他说再见，

便开始索取那香甜如蜜的馈赠：

她伸出两条胳膊甜蜜蜜把他搂紧，

脸蛋长进了脸蛋，两人合成了一人。

《维纳斯与阿多尼斯》

此时她炎炎的情火缠住了退让的猎物，

她虽然饕餮大嚼，仍感到欲壑难填。

她的唇攻城略地，他的唇退让臣服，

进攻者索取什么，臣服者只好呈献，

她的心狠如鹰鹞，一意把赎金提高，

恨不能掠尽他那红唇上的珍宝。

《维纳斯与阿多尼斯》

啊，若是他一皱眉她就幡然撒手，

她怎能吸到他唇上那香甜的甘露，

难堪的言辞和神色岂能把情人赶走，

哪怕它玫瑰多刺，终有人把它采去。

　　即使用二十重大门把门紧锁，

　　　爱情也敢斩关而入，劈手攘夺。

《维纳斯与阿多尼斯》

她此刻再难用怜惜继续把他羁绊，

那可怜的傻瓜便求她快放他走人。

她也只好决定不再去跟他纠缠，

于是向他告别，叮咛他不要负心。

　　她呼唤丘比特的爱情的神弓作证，

　　　说她的心已随他去，深锁在他心中。

《维纳斯与阿多尼斯》

可爱的少年，她说，"今晚我会失眠，

苦苦的情思怕会叫我难以入睡，

告诉我，爱情的主人，明天可跟我见面？

回答呀，会不会？会不会跟我相会？"

　　他答道不会，他明天另有打算，

　　　他要跟几个朋友去打野猪消遣。

《维纳斯与阿多尼斯》

即使我有耳无目，我的耳朵也会

爱上你内在的美质和看不见的种种；

即使我有眼无耳，你外在的形骸也必

使我尚能感受的全部官能激动。

　　即使我不能看和听，没有眼睛和耳朵，

　　我也仍然会爱你，只要能把你抚摸。

《维纳斯与阿多尼斯》

就算连我的触觉也一并被剥夺，

弄得我眼瞎耳聋，甚至不会抚摸，

别的也一律丧失，只留下了嗅觉，

我对你的一往情深也会依然如昨。

　　你那绝美的面庞是座蒸馏的美器，

　　从它散发的清香令我一嗅便心醉。

《维纳斯与阿多尼斯》

"你对味觉又是多美好的盛筵，

视听嗅触四觉都赖你照顾哺育。

难道这四种知觉不愿盛筵久远？

它们将叮咛疑心把门儿重重关闭。

　　绝不会让妒忌，那不受欢迎的酸客，

　　悄悄密密地潜入，破坏盛筵的美味。"

《维纳斯与阿多尼斯》

红宝石色泽的门儿于是再次开启，

向他的词句让出蜂蜜香味的通道，

有如满天的红霞永远发出预示：

对水手预示毁灭，对田野预示风暴，

　　对牧人预示不幸，对鸟儿预示哀愁，

　　对牧场主和牛群预示着风狂雨骤。

《维纳斯与阿多尼斯》

"你既已死去，我要在此作出预言：

从今后悲哀必要把爱情紧随，

一定要警觉地作爱情的陪伴，

给它甜蜜的开始，不幸的结局。

　　不让它称心如意，总是偏高偏低。

　　让爱的全部欢悦无法和痛苦般配。"

《维纳斯与阿多尼斯》

"爱必将反复无常，满是虚情假意，

瞬息间会含苞，瞬息间便枯萎，

到根部是毒药，在梢头是糖蜜，

就连最敏锐的眼光也难免受欺。

　　它能把铁打的金刚弄得精疲力竭，

使智者默默无言，傻瓜滔滔不绝。"

《维纳斯与阿多尼斯》

"爱必将苛求无已，导致太多的骚乱，

它将使衰朽的老人不禁婆娑起舞，

使横蛮的无赖汉变得沉默寡言。

使富家倾家荡产，给穷汉宝玉珍珠。

爱必将疯狂粗暴，却又天真纯善，

使青年人衰迈，老年人童心再现。"

《维纳斯与阿多尼斯》

"爱必将在毫无可疑处怀疑，

在最不可信赖处胆大妄为，

爱必将满怀慈悲，又过分严厉，

仿佛最公道时偏偏最是虚伪，

最表现随和处却又最为顽固，

它必使懦夫气壮，勇士畏惧。"

《维纳斯与阿多尼斯》

"哼，没有生命的图画，冷冰冰的顽石，

精工巧绘的肖像，冥顽不灵的木偶，

泥塑木雕的东西，只能看看的玩意，

181

看去像男子汉，却非妇女生的血肉！

　　枉有堂堂的仪表，却难算个男人，

　　若要是个男人，自己也想来亲吻。"

《维纳斯与阿多尼斯》

他虽无可奈何，心里却总难服，

躺在地上喘气，在她脸上呼嘘，

她饮着他的气息，有如嗅着猎物，

称它天上的甘霖，救苦救难的香雾，

　　她愿把自己的脸儿化作繁花苑囿，

　　好欣欣然承受这霏霏飘落的甘露。

《维纳斯与阿多尼斯》

看呀，小鸟儿是怎样困在了网罗，

那是她两条胳膊紧搂住阿多尼斯。

他又羞又怕，不敢抵抗，不免恼火，

他眼中那嗔怒更打扮出迷人的英姿，

　　已然是齐岸的河水偏遇上急雨，

　　便难免滚滚上涨漫溢过了河堤。

《维纳斯与阿多尼斯》

她却仍要恳求，语软声娇地恳求，

182

向漂亮的人儿倾诉着她的挚爱，

可他仍然烦恼嗔怒，紧皱着眉头，

时而满面羞红，时而气得煞白。

　　她最爱他脸上那羞涩的红晕，

　　可他那一脸苍白却更叫她动情。

　　　　　　　　　　　　　《维纳斯与阿多尼斯》

一炉红火被压，一条江河被堵，

更会烈焰升腾，更会横流放肆；

横遭压抑的忧伤尤其与此仿佛，

炎炎的情火只缓解于滔滔的倾诉。

　　若让舌头这心灵的律师闭上了嘴，

　　官司失败，心灵那当事人便会破碎。

　　　　　　　　　　　　　《维纳斯与阿多尼斯》

他看见维纳斯到来，见她又焕发出光彩，

有如渐灭的炭火重新为清风扇燃，

他便拉下帽檐，将愤怒的前额遮盖，

强忍一腔烦恼，呆望着乏味的地面。

　　她已来得很近，他仍旧一味不理——

　　他虽然望着别处，却总是把她注意。

　　　　　　　　　　　　　《维纳斯与阿多尼斯》

你就那么硬，像燧石，像钢铁？

不，还要硬，连燧石也叫雨滴穿。

难道你不是妇女的儿子，竟不懂得

什么是爱，不明白得不到爱的难堪？

　　啊，若是你妈妈也像你铁石心肠，

　　她早冷冰冰死掉，你哪会来到世上！

《维纳斯与阿多尼斯》

我是什么身份，为什么受你轻侮？

我的痴情又能够给你多大危险？

嘴唇上印个吻能算得什么痛苦？

说话吧，好人，说好听的，叫我喜欢。

　　给我一个吻吧！我会用吻报答你，

　　你若想要两个，我加一个作利息。

《维纳斯与阿多尼斯》

直到他挣开了身子，气喘吁吁地后退，

挪开他天堂般的嘘息，珊瑚似的香唇，

可她仍唇焦舌燥，苦求那珍馐美味，

那美味她虽饱尝，却仍然渴欲未平，

　　她丰腴的身子紧靠他，情切切晕去，

　　嘴唇与嘴唇胶合，两人成对地倒地。

《维纳斯与阿多尼斯》

"一千次亲吻便能把我的心儿买去,

你还可以悠闲地一次一次地付款,

亲吻十个一百次对你是多么容易,

岂不是很快便付讫,再没有拖欠?

　　即便因为拖欠,债务翻了一番,

　　就吻上两千次又有什么困难?"

《维纳斯与阿多尼斯》

谁见过钟爱的情人在床榻上裸卧,

让白色的床单羞见那超凡的白嫩,

当他贪馋的目光饱啖着她的美色,

他一身四肢百骸岂能不同样兴奋?

　　谁会那么胆小,竟然会畏畏缩缩,

　　身在严寒的季节却不敢靠近炉火?

《维纳斯与阿多尼斯》

"我温雅的少年,我要为你的马辩护,

我要从心眼里劝你学学那匹好马,

送上门来的欢愉你应该赶快抓住,

即使我是哑巴,那马也该你效法。

185

快学着恋爱吧，这堂课原很容易，

只要你精通了，便永远不会忘记。"

《维纳斯与阿多尼斯》

此刻他坐着，她来到他的身边，

像一个卑微的情人跪倒在地上，

她用她纤纤玉手掀起他的帽檐，

再伸出一只手摸他俊美的面庞。

她柔嫩的手按上他更柔嫩的脸蛋，

便如把印痕印在新近降落的雪面。

《维纳斯与阿多尼斯》

黑夜般的哀愁，已化作白日的堂皇，

她微微地开启了两扇荧蓝的窗户，

有如美丽的太阳穿上鲜明的盛装，

消除了大地的阴霾，带给清晨鼓舞。

正如明亮的太阳能使九天灿烂，

她明媚的双目使脸儿流光溢焕。

《维纳斯与阿多尼斯》

她的目光盯住他没长胡须的脸蛋，

仿佛从它借来了自己的全部姣好，

若是他的眼未因眉头愠色而阴暗，

那四盏明灯的辉映便是空前美妙。

　　而透过晶莹的泪滴她眼里闪出的清光，

　　更宛如夜间见到的映在水中的月亮。

《维纳斯与阿多尼斯》

在我额头你看不见一丝皱纹，

转盼流波的是我灰莹莹的明眸。

我的美丽如一年年更新的阳春，

我骨髓燃着情火，肉体丰腴温柔。

　　我这手细腻莹润，你若来碰它一碰，

　　准在你手心化却，使它酥软欲融。

《维纳斯与阿多尼斯》

你若要听我说话，我准会叫你沉醉，

我能在绿草上起舞，有如纤小的妖精，

我能像水乡的仙子，长发散乱而飘飞，

我若在沙滩上舞蹈，能不留半个脚印。

　　爱情是一个精灵，由情火凝聚而成，

　　它毫不重浊下降，总是轻盈地飞腾。

《维纳斯与阿多尼斯》

我若是满脸皱纹，天生的难看，

粗野、怪癖、可憎、嗓音尖厉，

龙钟老态、风湿蹒跚、冷淡、

昏吒、迟钝、干瘪，没有情趣，

　　你倒是该犹豫，因为我配不上你；

　　可我是十全十美，你为什么厌弃？

《维纳斯与阿多尼斯》

啊，快仔细瞧瞧，多么耐看的场面，

她悄然来到那不情愿的人儿身旁，

你看她的脸上那两种色彩的交战，

好一番激烈的红色与白色的消长。

　　那面颊刚才还煞白，可在转瞬之间，

　　却喷出了愤怒的火，如晴空的闪电。

《维纳斯与阿多尼斯》

"我可不会让你的唇儿过分满意。

我要让它饱尝美味，却还是饥饿，

让它们时而泛出酡红，时而苍白：

一个吻长得像二十，十个吻却像一个。

　　因是在销魂的时刻匆匆逝去，

　　一个夏日也似不足一个小时。"

《维纳斯与阿多尼斯》

说到这儿，烦躁已堵住她辩说的舌头，

她气得说不出话，几乎已柔肠寸断；

她脸绯红，眼冒火，透出满腔哀愁，

她虽是爱情的法官，却难为自己申辩。

　　她时而流泪哀哭，时而期期欲言，

　　却总被伤心的抽泣一阵阵地打断。

《维纳斯与阿多尼斯》

她时而摇摇头，时而摇摇他的手，

时而呆望着他，时而往地面上瞅。

她的胳膊是同心结，把他紧紧拴住，

她一心要搂定他，他却偏想逃走。

　　他总想挣脱她那双玉臂逃跑，

　　她却交叉起百合般的手指紧抱。

《维纳斯与阿多尼斯》

"傻孩子，"她说，"我既已把你困住，

困在个象牙色的麋鹿的苑囿之间，

我要建一座花园，你便是我的小鹿，

在这里觅食吧，在幽谷或是在高山。

先在我的唇上吃草，若是那丘陵已干，

便不妨信步不下去，下面有欢乐的流泉。"

《维纳斯与阿多尼斯》

"在我这苑囿里面你可以随意游荡，

芳草萋萋的幽谷，景色秀丽的高原，

浑圆丰隆的丘陵，深幽结实的丛莽，

可供你遮风避雨，再不怕风云变幻。

　　做我的鹿儿吧，我是这样的鹿苑，

　　不会有猎犬惊扰，一任它千声喊叫。"

《维纳斯与阿多尼斯》

无论他害羞或嗔怪她都不禁要爱，

凭她永生的纤手她在心中赌咒，

要偎在他温柔的胸脯前永不离开，

除非他愿讲和，接受她带泪的乞求。

　　泪雨已潇潇多时，她早已满面泪痕，

　　要回报这无尽的相思，只需一个甜吻。

《维纳斯与阿多尼斯》

他同意讲和，便如浪里的鹈鹕

抬头仰起下颌望出那烟波浩渺，

190

却发现有人窥视，又匆匆钻进水里，

她所渴望的亲吻，便是这样逃掉：

　　她正噘着双唇等他来还这情债，

　　他却已闭上眼睛早把双唇挪开。

《维纳斯与阿多尼斯》

"你比我美三倍，"她就像这样开始，

"你是田野中百花之王，芳香无比，

仙子自愧不如，你胜过一切男子，

你雪白娇红，超过白鸽，胜于玫瑰。

　　创造出你的大自然胜过了她自己，

　　她说世上有了你便已登峰造极。"

《维纳斯与阿多尼斯》

"请从马背上下来，答应我，奇迹，

把马儿傲慢的头在鞍桥上拴定，

你若是肯答应，我准定奖赏你，

要让你品尝到一千种美妙滋味。

　　快到这儿坐下，这儿没有咝鸣的蛇，

　　等你坐定了，我要吻得你透不过气。"

《维纳斯与阿多尼斯》

莎士比亚

191

"那么让爱与幸运做我的神明和向导，

我的决心是我的愿欲的坚强后盾。

没经考验的思想只如梦幻般缥缈，

最严重的罪恶能用忏悔仪式洗清。

爱情的烈火能融化掉怯懦的霜冰。

　　天公已闭上了眼，云遮雾障的黑夜

　　正好把寻欢作乐之后的羞愧隐蔽。"

《露克丽丝遭强暴记》

男人的心如顽石，妇女的心如蜂蜡，

蜂蜡的形象常常被顽石的意志决定，

软弱者受到了压力，形状便起变化，

暴力、欺诈和奸计实是改变的原因，

不能说是妇女们自己犯下了罪行。

　　纵然是蜂蜡上印就个魔鬼的形象，

　　也不能就把蜂蜡算作是祸祟灾殃。

《露克丽丝遭强暴记》

妇女表情坦荡，如美好开阔的平原，

连小小的虫子爬行也都一一暴露；

男人表情诡秘，如林莽般深浓杂乱，

林中隐秘的洞窟是奸宄藏匿之处，

水晶璧里的瑕疵总是清清楚楚。

　　男人能板着面孔掩饰自己的罪恶，

　　妇女的面孔是本书，写明了过错。

《露克丽丝遭强暴记》

不要去责备那凋萎了的花朵，

应当斥责的是冻坏花朵的冬天，

不要去责备那被吞食的弱者，

应当斥责的是吞食者的凶残。

妇女们遭凌辱，不应受到责难。

　　应当责备的是老爷们的傲慢骄横，

　　竟把丑行的耻辱交给弱女子担承。

《露克丽丝遭强暴记》

你美目的天堂般雄辩是否已经

说服我违心地放弃错误的誓言？

你雄辩的双目世间无人能抗争，

为你而违背誓言便不该受惩办。

我曾发誓不近女色，但我将证明，

我并未誓绝你，因为你是神祇：

我在人间发誓，你是天堂的爱神，

我得到你的垂青，耶辱也就痊愈。

誓言是呼吸所出，呼吸只是水雾。

那么你，美丽的太阳普照这世上，

可吸去我誓言的水雾，自己做主：

那么我纵背誓无常，也就不算荒唐。

尽管我背誓，可就傻瓜也心甘：

为获得一个天堂，放弃一个誓言。

《激情漂泊者》

爱若要叫我违誓，我岂能墨守誓言？

若不是对美神赌咒，相知岂能长久？

我虽然违背誓言，对你却忠贞不变，

我思想坚定如橡，对你却鞠躬如柳。

如学童抛荒学习，把你美目当书读，

学问能理解的欢乐全都在你的眼中，

知识若便是目的，理解你就可满足。

有舌头能把你赞颂，已算淹博宏通。

谁见你竟不惊讶，那灵魂必然愚昧；

这对我倒是称赞，我崇拜你的一切。

你眼如乔武的电闪，声音也像惊雷。

你若是不发脾气，便是甜火与音乐。

你虽然是天人，啊，请把我错误原谅，

我竟用人间的舌头，妄想把天堂歌唱。

《激情漂泊者》

我的爱很美丽，虽美丽却太多变，

她温驯如鸽子，却薄情难以信赖，

比玻璃还晶莹，脆弱如玻璃一般，

比黄蜡还柔软，生铁样容易锈坏。

一朵苍白的百合，晕着锦缎的粉红，

没有谁比她美丽，没有谁比她虚空。

她的唇曾多少次吻过我的双唇，

一边吻一边发挚爱真情的誓言，

编造了多少故事博取我的决心，

总怕我会不爱她，会出现危险。

没想到那似乎纯洁无瑕的表白，

忠诚、誓言和眼泪全是信口而来。

爱情使她燃烧，如干草燃起火苗，

干草既已燃光，爱情也随之渺茫，

爱情是她制造，爱情也凭她勾销，

她叮嘱爱情永久，自己却反复无常。

她究竟是个情人，抑或是个荡妇？

佳品中的次品，好坏都无长处。

《激情漂泊者》

他们爱得深，如两份柔情

只共同具有一份精髓。

分明是二，却融为一，

连数也斩杀于一往情深。

《凤凰和斑鸠》

两心相离，却彼此偎依，

斑鸠和他的女王之间，

虽有距离却视而不见，

若不在他俩这便是奇迹。

爱情如此光照他俩之间，

斑鸠从凤凰目光闪耀

看出她属于他，在燃烧。

他俩彼此相属互作奉献。

《凤凰和斑鸠》

这一来自我便淡化隐去，

自己跟自己再不相同，

同一本质的两个名称，

既不叫二，也不称一。

眼见得分离的合在一处，

二合为一，双方不见，

简单变作了复杂紊乱，

理智便不禁结舌瞠目。

理智高叫"这忠诚的一对

看去多么像和谐的一！

如若分离的总是如此，

爱情合理，理智便无理。"

理智有所感写下了挽歌，

献给逝去的凤凰斑鸠——

并列的君王，爱的星宿——

在悲悼的现场齐声唱和。

《凤凰和斑鸠》

美丽的清晨，美丽的爱情的女王此时

因相思而苍白，由于她乳白的鸽子，

为了阿多尼斯，那骄傲而野性的少年。

她在小山的陡坡才找了地点站定，

阿多尼斯已带了号角和狗群来到。

痴情女王的善心超过了她的爱情，

她对那少年警告，千万别下那荒郊。

"有一回，"她说，"我看见个漂亮少年

在这儿的丛莽之中被野猪戳得半死，

大腿上窟窿很深，看了真动人矜怜。

你看我的腿，"她说，"伤口就在这里。"

她露出了她的大腿，让他看到了伤痕，

他急忙红了脸逃掉，丢下她独自一人。

玫瑰芬芳又娇媚，遭攀折早凋萎，

攀折在含苞时，凋零在春花季。

珍珠光彩多炫目，却过早被埋没，

美男子，死亡刺，青春年少被戳死，

宛如青青梅子枝头挂，

不该落时偏叫风吹下。

我为你哭泣，其实大可不必，

你在你遗嘱里什么都没给我，

可你已留下的超过了我希冀。

因为我并未希望你给我什么。

哦，不，我求你饶恕，友伴，

你毕竟留给了我你的遗憾。

《激情漂泊者》

维纳斯挨着阿多尼斯坐在一起，

她追求他的爱情，在番石榴树荫，

她告诉小伙子马尔斯向她进逼，

可尽管战神追求，她只对他钟情。

"像这样，"她说，"战神拥抱了我。"

说着把阿多尼斯搂进了双臂。

"像这样，"她说，"战神解开了我。"

仿佛那少年能体会这柔情蜜意。

"像这样，"她说，"他强吻了我的唇，"

说着便用樱唇向他的唇进剿；

等她停下喘气，他却已跳开身，

不肯去理解她，不觉得她美妙。

　　啊，愿我的姑娘也逼上我来，

　　亲吻我，拥抱我，直到我跑开。

　　　　　　　　　　　　　《激情漂泊者》

乖僻的老年与青年总难得一致，

青年充满欢乐，老年充满忧伤，

青年如夏之清晨，老年如凛冽冬日，

青年如夏季葱茏，老年如岁暮荒凉。

青年嬉戏欢乐，老年呼吸短促。

　　青年快捷灵便，老年步履维艰。

青年热情敢做，老年衰迈冷酷。

　　青年癫狂烂漫，老年驯服谨愿。

老年，我厌恶你；青年，我崇拜你，

　　哦，我的情人，我情人多年轻，

老年，我蔑视你。哦，可爱的牧人，快些，

我怕你蹉跎了光阴。

美只是一种善，既空虚又可疑，

一种辉煌的光泽，会突然暗淡，

一朵娇嫩的花儿，打苞便枯萎，

一种脆弱的玻璃，顷刻成碎片，

一种可疑的善、光泽、玻璃和花卉，

一会儿便消失、暗淡、破碎和枯萎。

失去的东西永远也难找回，

暗淡的光泽再擦也难重亮，

死去的花儿躺在地上枯萎，

破碎的玻璃没有胶能粘上。

只需有一次玷污，那美便永远消失，

治疗、粉饰、痛苦和金钱都无济于事。

《激情漂泊者》

晚安，好好睡，啊，我不安，也难睡。

她对我道晚安，却令我难成寐，

她把我赶回了忧患装点的斗室，

让我去反复思量衰败多么可惧。

"一路顺风，"她说，"明天再来。"

我哪能有顺风，我只能饮泣哀哀。

可是我离开时她确在甜甜地笑，

是轻蔑还是友谊，我弄不清爽，

也许她高兴流放我，开我个玩笑，

也许是想叫我再往她那儿游荡：

　　"游荡"，幽灵如我正好游荡，

　　费尽了力气，却得不到报偿。

主呀，我眼睛老凝视东方的天际！

我的心总在盼望黎明，但愿清晨

能刺激每一感官从昏睡里兴起，

可对我眼睛的能力我不敢相信。

　　只要菲罗墨拉在树荫里歌唱，

　　我总听着，愿她像云雀般嘹亮。

因为云雀用歌声欢迎白昼的来临，

赶走了在昏暗里做着迷梦的夜晚，

等送走黑夜，我好去见我的美人，

我心里怀着希望，眼里只想相见。

　　忧郁变作了安慰，安慰混合了忧郁，

　　因为她曾叹过气，嘱咐我明天再去。

我如果和她一起，转瞬就度过黑夜，

可现在它一分一分才积累成小时，

故意若我生气，一分钟竟如一月；

要不是为气我，太阳早照耀着花枝。

滚，黑夜，来，白天，从黑夜借点时间，

缩短今天晚上，好去延长明天。

《激情漂泊者》

多情人，他总活在五月间，

可是有一天，哎呀那一天，

他看见一朵鲜花娇艳无比，

在那放肆的风儿怀里嬉戏。

那风儿无影无踪总乱钻，

穿过了天鹅绒样的绿叶间，

气得那多情的人儿快死去，

真想让自己变成天的呼嘘。

"那空气，"他说，"能吹拂你面庞，

但愿我也能够打这种胜仗！

可遗憾，我的手已经赌咒，

决不把你从你刺丛里摘走；

哎呀，年轻人真不该赌咒，

见了这种美色哪能不动手。

为了你就是乔武也愿发誓，

说朱诺是埃塞俄比亚女子，

就连自己是乔武也不肯承认，

他因为爱着你，宁可变凡人。"

《激情漂泊者》

我的羊群不吃草，我的母羊不下羔，

我的公羊不蕃息，事事都乱成一片。

爱情已经在死亡，忠诚已经在改变，

心里已经不承认，这便是根源。

如今我已忘记，我曾欢乐地舞蹈，

我失去了姑娘的爱情，上帝知晓。

她曾把她的信念坚定地付与爱情，

可现在赖起账来，她也同样坚定。

　　一时的糊涂铸成全部的损失，

　　我倒了霉，都因薄幸的女士！

　　因为我现在已很清楚！

　　妇女比男子更要轻浮。

我穿黑色来哀悼，蔑视一切畏惧，

爱情使我绝望，给我带上了枷锁，

我的心在流血，需要一切的帮助，

哦，残酷的幸运，其中充满折磨。

我这牧人的长笛再也不能吹弄，

我的风铃叮当便是哀悼的丧钟。

我那短尾的羊犬平时最好戏耍，

如今却不再游戏，似乎畏怯害怕。

我深沉的哀叹变作了饮泣，

见我悲惨的遭遇又号啕痛哭，

叹息在无情的环境里回响，

如千军万马在血战中殒殁。

清清的流泉枯了，好鸟的歌声停了，

满眼葱茏的树木再也不会绿了，

牧人站着哭泣，羊群躺着睡了，

山林水泽的女仙害怕地回头偷瞧。

可怜的乡下小伙当初玩过的游戏，

平原上我们那些痛快淋漓的集会，

还有夜里的快活消遣，一律都逃了。

我们的爱情不见了，她已经早死了。

再见吧，我的爱，你那满不在乎

无人能比，它造成了我全部痛苦。

可怜的科里东呀，只好独自过活，

我看再也没有人会给他什么帮助。

《激情漂泊者》

你的眼睛既选定了那位女士，

已套住了鹿儿，要准备动手，

就得让该受斥责的事服从理智，

也不许带偏见的想象随意插手。

你还要向更聪明的脑袋去请教，

太年轻的不行，没结婚的不要。

在你向她叙述你故事的时光，

不要让你舌头显得油腔滑调，

别让她嗅出其中微妙的花样，

瘸子的步伐跛脚人一看便知道。

你不妨把爱情直接向她表达，

好让她为自己开出一个价码。

然后便调兵遣将把她的意志包围。

不要吝惜金钱，那东西可很重要，

它是你的分量，它使你受赞美。

对你女士的耳朵你须这样强调：

最坚强的堡垒、塔楼和城池，

也经不起黄金炮弹的猛轰猛击。

要向她献殷勤，叫她坚决信任，

追求时须要表现得谦卑和诚实。

除非是你那女士做得太欠公允，

可别要去逼她，说要另作选择。

但到时机成熟你却不能迟疑，

尽管遭到拒绝，奉献也要继续。

她皱起了眉头，那算得了什么？

她那满脸乌云不到晚上便消散。

到那时她会懊恼把这良机错过，

不该那样掩盖自己心里的喜欢。

　　还不等到天亮，她会两次情急，

　　会懊悔这机会被她轻蔑地放弃。

就算她要和你拼上一把力气，

又咒骂又叫喊，而且一再撑拒，

她那微弱的膂力终将抵挡不住，

她又会耍狡猾，这样向你解释：

　　"女人要是有了男子汉的力气，

　　我就不会让你讨得这份便宜。"

妇女们一套套的技巧和欺骗，

假惺惺做出的装门面的花招，

还有肚子里那些诡计和梦幻，

都不会让踩蛋的公鸡们知道。

　　有句名言你也许听人说起，

　　女人的拒绝往往不算回事。

要明白女人跟男人耍起心眼，

永远是想犯罪，不是想做圣人。

人世并五天堂，要想为圣为贤，

等你年事已高，不妨再去修行。

　　若是床上的欢乐仅限于亲吻，

　　女人倒不如和别的女人结婚。

小声点，够了，说得太多，我担心，
可别叫我的情人听见我这曲调。
她必定要打我耳光，毫不留情。
必定要叫我的舌头别太爱唠叨。

　　不过她一定会脸红，我不妨预计——
　　如果她听见我这样散播她的秘密。

莎士比亚

莎士比亚年谱

公元纪年	年龄	记　　事
1564		4月23日，生于英国中部的斯特拉特福镇。
1569	5	进入斯特拉特福市文法学校附属的幼儿学校，由助理教员教英语的读和写。
1571	7	进入本市文法学校"爱德华六世国王新学校"，主要学拉丁文的文法，会话、修辞、逻辑、演说、作诗。
1575	11	看沃里克伯爵剧团演出。
1578	14	因家境恶转，辍学在家。
1579	15	跟父亲学手艺和干活，贴补家用。
1580	16	独自谋生。
1582	18	和武斯特主教区斯特拉特福的处女安尼·哈撒韦结婚。安妮时年26岁，比莎士比亚大8岁。
1583	19	长女受洗礼，被命名为苏珊娜。

公元纪年	年龄	记　事
1585	21	莎士比亚双生的孩子受洗礼，儿女被命名哈姆尼特，女儿朱迪思。
1586	22	跟随一个江湖戏班子到了伦敦。
1588	24	写《情女怨》一诗，并在伦敦剧团里协助改编剧本。
1589	25	参加编写两部历史剧。一部是《战争使大家成为朋友》，另一部是《爱德华三世》。
1590	26	开始创作或修改两个历史剧：(1)《约克和兰开斯特两望族的争斗第一部分》，(2)《理查德·约克公爵的真实悲剧》
1591	27	写《亨利六世第一部分》和《泰特斯·安德洛尼克斯》
1592	28	由斯特兰奇勋爵剧团演出了《亨利六世》。写《驯悍剧》。
1593	29	长诗《维纳斯与阿多尼斯》出版。继续写十四行诗，送给与他感情日深的扫桑普顿。写《维洛那二绅士》。
1594	30	《泰特斯·安德洛尼克斯》出版。《约克和兰开斯特两望族的争斗第一部分》即《亨利六世第二部分》出版。《露克丽丝遭强暴记》长诗出版。喜剧《爱的徒劳》开始演出。《威洛比的阿维莎》长诗出版。
1595	31	写作《罗密欧与朱丽叶》《爱德华三世》出版。

公元纪年	年龄	记　　事
1596	32	《罗密欧与朱丽叶》在帷幕剧院演出。独子哈姆尼特 11 岁夭折入葬。
1597	33	《查理二世》出版。《查理三世》出版，均无作者署名。《罗密欧与朱丽叶》出版，也无作者署名。
1598	34	写《无事生非》，冬完成。《爱的徒劳》出版。《查理三世》重版。写《亨利五世》。
1599	35	《热情的朝圣者》诗集出版。夏，写《皆大欢喜》。又写《裘利斯·凯撒》。《罗密欧与朱丽叶》《亨利四世上篇》出版。
1600	36	《亨利四世下篇》和《无事生非》出版。写《第十二夜》。《仲夏夜之梦》出版。《威尼斯商人》出版。《亨利六世第二部分》《亨利六世第三部分》《泰特斯·安德洛尼克斯》出版。
1601	37	写《特洛伊罗斯与克瑞西达》。
1602	38	《温莎的风流娘儿们》出版。写《终成眷属》。
1603	39	《查理二世》《查理三世》《亨利四世上篇》在书业公所登记了版权转让。《哈姆雷特》出版。写《奥赛罗》。
1604	40	写《量罪记》。国王供奉剧团在白厅宴会厅演出《威尼斯的摩尔人》，即《奥赛罗》。演出《温莎的风流娘儿们》。

公元纪年	年龄	记　　事
1605	41	《李尔王和他的三个女儿戈纳瑞，里甘和科迪利亚的真实历史剧》出版。写《李尔王》。《查理三世》和《哈姆雷特》再版。
1606	42	写《麦克白》。
1607	43	《爱的徒劳》和《罗密欧与朱丽叶》的版权转让。长女苏珊娜（24岁）和剑桥大学毕业的医生约翰·霍尔（32岁）结婚。与人合作写《泰尔亲王配瑞克里斯》。
1608	44	写《科利奥兰纳斯》和《雅典的泰门》。《李尔王》出版。《理查二世》《亨利四世上篇》重印出版。
1609	45	《特洛伊罗斯与克瑞西达》出版。《泰尔亲王配瑞克里斯》出版两次。《罗密欧与朱丽叶》重印出版。《十四行诗集》出版。写《辛白林》。
1610	46	写《冬天的故事》。
1611	47	写《暴风雨》。国王供奉剧团在白厅为宫廷演《暴风雨》《冬天的故事》。
1612	48	与人合作写《卡迪纽》。与弗莱彻合作写《亨利八世》。《理查三世》重印出版。
1613	49	与弗莱彻合作写《两个高贵的亲戚》。《亨利四世上篇》重印出版。
1614	50	市政府起草圈地计划文书，牵涉到的地主名单中莎士比亚列首位。但他的利益得到保障。

公元纪年	年龄	记　　事
1615	51	《理查二世》重印出版。
1616	52	召请柯林斯律师，修改了他的遗嘱。4月23日，死于斯特拉特福"新居"。尸体在圣三位一体教堂内安葬。